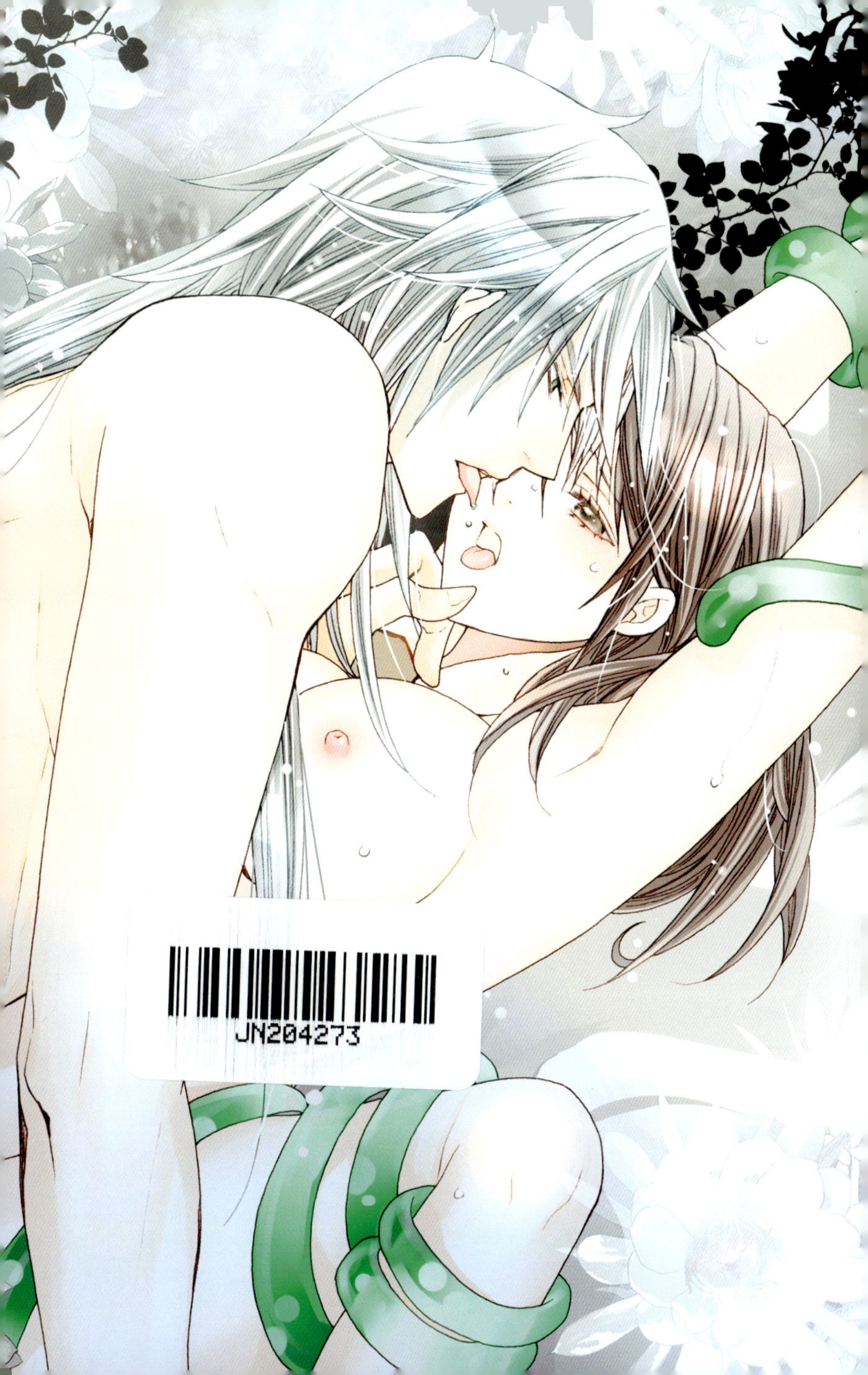

TAKE
SHOBO

異世界の恋人はスライム王子の触手で溺愛される

葉月クロル

Illustration
田中琳

MOON DROPS

異世界の恋人はスライム王子の触手で溺愛される

Contents

1
とある王子の願い事

ここは魔界の宮殿。

多くの魔族の頂点に立つ存在で、抜きん出て高い能力を持つ魔界王家の王族が居住する城だ。

魔界、という閉じたこの世界では、様々な異能を持つ魔族が暮らしている。魔族の中には強大な力を持つ者もいるため、王となりこの場所を統べるには皆が納得する実力が必要である。王家の者は、その血筋だけで王となるわけではない。無能だと判断されれば、即座にその地位を追われてしまうのだ。

この魔界では、人間に似た姿形の者から完全な化物まで、多くの者たちが最強の魔界王家を頂点にして身分制度を成している。力のある者は『貴族』の身分が与えられるし、その地位にふさわしくなければ引きずり落とされ、他の者に取って代わられるのだ。

この国の不思議なところは、外からやって来た者をも、渦巻く魔力で魔族に変えてしまう点にある。魔力のない世界では無力な人間であっても、ささやかな魔法を使えるようになるし、その潜在能力次第では王族に匹敵する魔族へと変貌してしまうことすらある。

宮殿の一室である豪奢《ごうしゃ》な居間で、ひとりの若者が額を手で覆い、座り心地のよさそうなソファにもたれかかっていた。彼は次期の魔界王となる予定の第一王子、アドエル・イシュトレート。プラチナブロンドの長い髪に緑の瞳を持つ大変見目麗しい青年だ。

なにしろ彼の母親は、傾国の美女もかくやという美貌の吸血鬼である。その血を受け継いだ彼は、白く透明感のある肌にすっと通った鼻梁《びりょう》、宝石の如く輝く翠《みどり》色の瞳を長い睫毛《まつげ》が取り囲む。やや薄く、そのせいかクールに見える唇は薔薇《ばら》の花びらのようにほの紅く、笑みにほころぶと見るものをうっとりとさせてしまう魅力を放つ。

母親に似ているため中性的に見える彼であるが、その身長はすらりと高く、一見細身に見える身体には実は程よく筋肉がつき、引き締まっている。椅子にかけて首を傾げ、長い手足を組み微笑んだら、男女を問わず彼の虜になり、首筋を差し出して吸血をねだる下僕……いや、贄《にえ》となるだろう。

もちろん、魔界の頂点に立つにふさわしい実力も備えている彼は、どう見ても魔界の勝ち組なのだが。

彼はふうっと、せつなげに溜《た》め息をついて、呟《つぶや》いた。

「……ああ、彼女が欲しい」

物憂げに眉をひそめる美しい王子は、心の内で非常に残念なことを熱望していた。

自分も弟たちのように可愛らしい恋人が欲しい！

そして、その子を全力で可愛がりたい！

可愛がって可愛がって、魔族男性の全力を出して頭の先から爪先までそれこそ舐《な》めるように可愛がりつくして、むさぼってしまいたい！

なんならその子の全身を実際にペロペロ舐めたい、いや本当にどうか舐めさせてくださいお願いしますっ！

それが今の彼の心を焼くほどの望みだった。

アドエルは確かに女性にモテる。力はあるし、魅惑の王子であるし、非の打ち所がない。しかし、第一王子という立場にある彼に群がってくるのは、迫力満点の野心家の女性たちで、逆にアドエルを檻に閉じこめて可愛がってやろうと言わんばかりの女傑魔族ばかりである。アドエルが可愛がりたくなるようなたおやかで可憐な娘などひとりもいない。

『斧を振らせたら辺りを震わせるほどの唸《うな》りをあげさせて、空気すら引き裂くほどの豪腕な姫』とか『全身をびっしりと覆う鱗《うろこ》が艶《つや》めかしく光る、得意技が絞め殺しの蛇姫』とか、『姫』の文字が無理矢理くっつけられている『美女』がほとんどなのだ。

どちらかというと優しく大人しいアドエルが、可愛がろうという気持ちになれない、むしろ『戦闘開始』したくなるような女性ばかり。

彼のすぐ下の弟のセベルは、アリューサ国という人間の小さな国で、元気で可愛い女の子に一目惚れし、10年くらい『可愛い！　タニアたん、最高にキュート！』『あの子が欲しい！』としつこく騒いでいた。

そして、やれ、狼に変化《へんげ》して近寄ったら狩られて、危うく喰われそうになっただの、（魔物が人に喰われてどうする！）ようやく仲良くなって、顔をペロペロさせてもらえるようになっただの、（嬉しそうに言いながら、顔を赤らめてハアハアしていた……我が弟は立派な変態だな！）長年かけて愛情をこじらせたあげく、その子、タニア姫を手に入れるために、なんの非もないアリューサ国を滅ぼしかねない状態になった。

魔族といえども、常識というものがある。

このままではまずいと考えたアドエルが、アリューサ国王と政略結婚の交渉を強引に進めて、タニア姫をセベルの元に無事に嫁入りさせることができた。もちろん、小さなアリューサ国にはこれでもかと便宜を図ったので、国民の暮らし向きはかなりよくなり、国が栄えているはずだ。

アドエルの一番下の弟であるフリュードは、事もあろうに自分を暗殺しようとした猫娘を手なずけて、自分の間者兼恋人として可愛がっている。まあその猫娘も、大切な弟を人質にとられ、自分がフリュードに返り討ちに遭って死ぬことで弟を自由の身にしようと考えていた、優しい娘だったのだが。

フリュードは、猫娘のナンシーにスキルアップと称して家庭教師をつけ、様々な教育をしているようなので、ゆくゆくは自分の伴侶にするつもりなのだと皆に思われている。そして、夜はものすごい結界を寝室に張っているので、きっと猫娘を相手に激しい変態プレイをしているに違いない、とも考えられていた。

獣人は体力があるので、ナンシーは抱き潰されてはいないようだが、時折足元がおぼつかない朝があり、見る者の涙を誘っていた。

「いいなあ、フリュードは。わたしだって……いや、変態プレイが羨《うらや》ましいのではない！　それは違う！」

アドエルは頭をブルブルと振った。同時に背中まである銀の輝きがきらめいた。彼の姿は魔物というより天使のようだ。しかし、美しい王子でも、椅子に座って溜め息をついているだけでは彼女ができるわけがない。

アドエル第一王子は、強いだけではなく魔力を巧みに操る技術も持っていたので、世界にただひとり存在する『運命の女性』を魔法で探索した。そしてその結果……この世界には、『運命の女性』が存在しないということがわかってしまった。

あまりのことに絶望した彼だったが、それでも諦めきれずにこの件を追求した結果、異世界に自分の大切な女性が存在することを探り当てたのだ。そして今、その女性に会えるかもしれない方法をひとつ、試そうとしているのだ。

彼は目の前に置いてある本を開き、テーブルに用意してあった虹色に輝く金属を取り上げた。この本は王宮の書庫から出してきた古い魔導書で、異世界からの召喚術が載っていた。この魔道書を見つけなかったら、アドエルは『異世界』などというものが存在することに気づかなかったはずだ。

そして、この虹色の金属は、オリハルコンと呼ばれ、魔力と馴染《なじ》みがよい特殊な金属なのだ。これも彼が魔界中を探索させて、ようやく見つけ出したものだ。貴重な金属なので、失敗したらもう後がない。

アドエルは立ち上がり、呼吸を整えると、魔方陣を展開して部屋に結界を張った。何者も彼の邪魔をすることができないように、念入りに張った。

失敗したら、彼は一生独身だ。

もしくは、恐ろしい魔族の姫の餌食《えじき》だ。

彼は心を落ち着けた。緑色の瞳が淡い光を放つ。

そして、完璧に覚えきった呪文を詠唱して金属に魔力を流した。

『力あるオリハルコン、稀なる魔物資よ、我が魔力の導きで世界を越え、我が半身を引き寄せる鍵となれ』

彼が手のひらに乗せていたひとかたまりのオリハルコンは宙に浮き、みるみるその形を変化させた。アドエルの願いに最適な力を発せられるように。

「……え？」

それを見たアドエルは、声を発して首をかしげた。世界を渡り、伴侶を連れてくる力ある鍵は、彼の予想とは違った形をとったからだ。オリハルコンでできたその物体は、一際美しい輝きを放つと、次元のはざまへと姿を消した。

「今の……は……わたしの展開した魔法は間違ってない、はず、だよね。でもあれの形って……え？」

目の前から消えた『異世界転位キー』の形を考えて、見間違いだったのかともう一度首をかしげちゃう王子であった。

2 届けられたご神体

「あん、やあっ、なにこれっ」

アパートの部屋で、口に手を当てて必死で声を抑えようとするわたし。ひとり暮らしで本当によかった。実家の自分の部屋でこんなことになってたら、大変だったわ……と、そんなことを考えてる場合ではない。

わたしは身体の中の圧迫感と、それを打ち消すだけの威力がある身体中を駆け巡る快感（主にこちらである……）のせいで、身悶《みもだ》え、ラグの上に横たわったまま淫らに腰を振っていた。

「や、ダメ、そこはダメ、そこはダメェッ、こんなの、ああん、変になっちゃうよぉっ！　っていうか、わたしったら充分変！　これは変態！」

悶えながらもセルフ突っ込みを入れてしまう。そして、身体には違うものが突っ込まれている。身体の中を上に下にと蠢《うごめ》くソレは、わたしの反応から感じやすいところを見つけ出しているかように的確にポイントを突いて動く。こんなことに負けちゃダメだ、早くなんとかしなくては、と思うのだけれど、根性だけではどうにもならないことがあるのだ。

わたしの秘所から噴き出した蜜にぬめりながら、いやらしく蠢くソレにクリッと良いところをこすられると、口から「あああーっ、あっ、やあん！」と前に見た、えっちな動画のお姉さんのように淫らな鳴き声を漏らしてしまい、びくんびくんと身体を引きつらせてのたうち回ってしまう。

床の上でピチピチ跳ね回っていて、まるで生きの良い陸揚げされたマグロのようだ。

わたしはマグロ女だ。

……あれ？

マグロ女って、そういうものだったっけ？

「あっ、あん！　やめて、もうこすらないでーっ」

思考能力を快感にさらわれる。自由になりたいのに、逃げられない。いや、本当は自由になんてなりたくないのかもしれない。だって、これは破壊力があり過ぎる！

わたしには一応、お付き合いしていた彼氏がいたから、それなりに経験もあるけれど、こんなに強烈な快感を味わったことがない。というか、元彼とえっちなことをしても、ほとんど気持ちがよくなかった。そう、それで彼が浮気して、あいつはわたしに向かって「マグロ女」と捨てゼリフを吐いて……。

「あっ、あっ、もうダメ、ダメ、ヤバい、これヤバいから、ひうっ！」

うつぶせになり、腰を持ち上げて、雌犬のようにいやらしく振る。声も仕草もだんだんと動物じみてきた。両手でつかんだクッションに顔を埋めて、なるべく声が漏れないようにする。

「ううーっ、やっ、抜いて、これ、抜いて、ダメ、やだ、なんか、漏れそう、ああん！」

喘《あえ》ぎ、鳴き、腰をガクガク振りながら真っ白になりそうな頭の片隅で、ふと思う。

……なんでこんなことになったんだっけ？

ぴんぽーん。

ちょっとだけのんきな感じに響くドアのチャイムが鳴り、もこもこのルームウェアを着て土曜の午後をくつろいでいたわたしは、マンションほどではないもののセキュリティのしっかりした女子学生専用アパートの玄関に出た。

「はーい」

カメラの映像を確認すると、顔なじみの宅配便の人だ。さっき電話で連絡のあった、代引きの荷物を届けてくれたらしい。

この三階建てのアパートは、建物の造りはシンプルで、部屋の中も豪華でもなんでもない普通のアパートなのだ。しかし、周りは頑丈な塀で囲まれているし（外から乗り越えられないように、てっぺんにはご丁寧に返しが付いている）外部からやって来る人の姿はすべてあからさまに設置されているカメラで映し、記録される仕組みになっている。そして、各部屋には玄関、居間、風呂場と三ヵ所も非常ボタンが設置されていて、押すと大音響で鳴り響く。アパートの外壁には手がかり足がかりになるものは何もないし、おしゃれにデザインされているけどこれって絶対鉄条網だよね!?　という危険な飾りが付いているため、下着泥棒をするのも不可能だ。防犯に特化している上に男性を部屋に呼ぶことが禁止されているため、親御さんには人気が高く、女子大生には微妙に避けられる……『ハイツＹＯＵＳＡＩ』は、そんな素晴らしいアパートなのだ。

「こんにちは。ええと、このお荷物は坂田美南《さかたみなみ》さん宛で間違いないでしょうか？」

宅配便屋さんが差し出した荷物の伝票を見て、確認する。

「はい、わたし宛で大丈夫です」

「代金引換で１３８０円になります」

お金を払って品物を受け取った。

ごくろうさまでした、とドアを閉め、鍵をかけ、ドキドキしながらラグの上のクッション座椅子に戻ったところで、わたしは荷物を見た。

「ふふふ、来た来た。うん、これなら化粧品か雑貨にしか見えないね」

送り状には株式会社シャイン、という普通の社名が印刷されている。小さくロゴの入った段ボール箱を開けると、そこにあるのは。ピンク色をした『ローター』と呼ばれる、いわゆる大人のおもちゃである。ちなみにこれは入門編の品である。そして、すぐに使えるように、中にはちゃんと単三電池も梱包されていた。

今は便利な時代だ。こういう大人のおもちゃがインターネットですぐに注文できるし、中身が他の人にバレることもない。というか、買ってる女性が結構多いらしいので、バレてもあまり気にならない。この会社のサイトも、相談した大学の友達が教えてくれたのだ。とはいえ正直最初は『こういうのはわたしにはちょっとオトナすぎるかも……』とためらった。しかし、これを買うきっかけを思い出すと怒りと悲しみに満ち溢れて、ぐおおお、という勢いで購入ボタンを押した。直接店舗に買いに行くのとは違うから、ハードルが低いのだ。お店だったら、とてもじゃないけど一人で買う勇気はない。友達や彼氏と一緒に行くなら別だけどね。彼氏と……。

『お前、感度悪すぎなんだよ。不感症じゃないのか？　ちょっとは自分で開発したほうがいいんじゃないかな、マグロ女のままじゃ男が逃げると思うよ』

目を細めて、わたしを馬鹿にしたように言う元彼の姿が頭に浮かんだ。自分の浮気をわたしの責任だと言い張った、最低な男。事の顚末《てんまつ》を知っている友達は「単なる奴のテクニック不足でしょ、女に責任をなすりつけるなんてサイテー男だね。さっさと別れて正解だよ。美南にはもっといい男がふさわしいよ」と断言した。

でも。

本当にわたしが不感症だったら……？

元彼とはわたしが大学に入ってすぐにサークルで知り合い、あっちから告られて付き合い始めた。でも、今考えてみると、向こうも別に特にわたしが好きというわけでなくて、ただ手頃に付き合えてセックスできる相手が欲しかっただけだっただけなのかもしれない。初めて関係をもってから、どんどんわたしの扱いがぞんざいになっていった。その挙句が、不感症発言だ。そしてそれを言い訳に、彼は他の女の子に手を出した。

「もうしばらくは彼氏とかいらない。わたしを大切にしてくれて、本当に気持ちの通じ合う人じゃないと付き合わない」

わたしは、プラスチックでできたピンクの道具を見ながら言った。

気持ちのないえっちだから、感じなかったんだ。

わたしが悪いんじゃない。

だから、これは、次に出会う本当の恋人のための準備なんだ。

部屋の戸締りを確認し、テレビでＤＶＤをつけっぱなしにしておいてから、ソファにもたれてローターを再び手にとった。電池をセットしてスイッチを入れてみる。

ぶいーん。

見かけによらず意外にしっかりした振動でそれはぐいぐい震え、わたしは（なかなか頼もしいヤツ！）と武者震いをした。あらかじめネットで見ておいた『初めてのローター』という説明を思い出し、服の上からそっと、ノーブラの胸の先に当ててみる。

「ひゃっ」

わたしは変な声を出し、びっくりしてすぐに離した。

いや、ホントにびっくりした！

自分じゃない力による刺激って、予想以上に敏感に感じるのだ。自分で触《さわ》ってもなんともないし、元彼が乱暴に触ってもまったく全然何も感じなかったのに、今のはびくっとしたのだ。

これはやはり。

わたしはやっぱり、不感症ではない！

ないのだ！

安堵《あんど》感がこみ上げて、テンションがあがってきた。再びピンク色のローターを胸に当てる。振動がくすぐったい。くすぐったいだけじゃなく、なんだかむずむずと変な感覚も出てくる。

「や……疼《うず》くし……わあ、立っちゃった」

わたしはローターを止めてルームウェアの中の胸をのぞきこみ、ちょっと感動した。

素晴らしい効果だ。

これはかなりヤバい。いい意味で、ヤバい。

あっちに当てたら……どうなるのだろう。

わたしはルームウェアをめくってローターを持つ手をそっと下着に向かわせ、一番感じやすい粒に当ててみる。

「ああんっ」

一番弱い振動にしてそっと当てたのに、思わず声が出てしまった。

気持ちがいい。グッとくる感じがマジヤバい。わたしの知らない世界が見えてきた。

なにこれ、どうしよう。

いや、どうしようって、こうするしかないでしょ！

左手でしっかりと口を塞ぎながら、右手で敏感なところに、今度はしっかりと押し当てる。

「んーっ、んっ、んっ、んんんんんんーっ！！！！」

ラグに倒れたわたしの頭は、一瞬真っ白になり、息が詰まった。

……秒殺である。

わたしが男だったら、大早漏様である。

女でよかった。

「……うっわ……これはすごい」

深呼吸して息を整えたりして、ちょっと気恥ずかしいのをごまかす。

ああ、今のが『イく』ってことなのか。

初めて知ったわ。

ありがとうピンクちゃん。いい仕事をしてくれて。

しかし、いわゆる『オンナの喜び』を教えてくれたのがローターって、これでいいのか日本の男子よ！

「あれ？　何だろうこれ」

わたしが注文したのはローターだけなのに、箱の中が2段になっていて、もうひとつ何かが入っているのが見える。そういえば、これひとつのためにしては箱が大きいなと思ったのだ。段ボールをがさごそと剝がして、中身を引っ張り出す。

「おお、このご立派な物体はなに？　ご神体？」

プラスチックでも金属でもないそれは、虹色に輝いていた。しかも、その形は、大変立派な男性自身である。大きさの割に重さはなく、触ってみるとプラスチックより柔らかい。

元彼のものしか知らないわたしは、それをまじまじと観察した。遠慮なく撫《な》でたり握ったりして
「これはビッグサイズだねー、使うよりも飾りにしておくものなのかなあ」と感想を述べる。

「初回限定サービスとかなのかな、これで基本をお勉強するようにっていうことで。でも、それにしても高そうなおまけだわ。この会社、サービスいいな」

スイッチもなにもないこれは、アダルトグッズのサイトではディルドって書いてあったと思う。動いたり振動するのではなくて、ただ男性器をかたどってあるものだ。上級者向けのオモチャじゃないのかな。それにしても……大きさが半端ないんですけど。上級者向けよりその上の、プロフェッショナル仕様かもしれない。

「サービスは嬉しいけど、初心者にはこれは無理だよ」

大人のおもちゃにはちゃんとコンドームをかぶせて使いましょうってサイトには書いてあったけど、この大きさでは日本人向けのゴムはかぶさらないのではないですか？

それとも、この虹色が抗菌作用付きだったりして。

あ、ありえるかも！　抗菌グッズって、こういう虹色してたよね？

日本てすごいね、最新の科学技術をこんなところにまで惜しげもなく使ってて。

「あれ、触ってたらさっきよりも柔らかくなってきたみたい。不思議ー」

ご神体を弄《いじ》り回して揉んでいたら、全体がほわんほわんと柔らかい、よい手触りになってきた。不思議な仕組みである。まったくもって日本の科学技術ってすごい。

「……せっかくだから、ちょっとだけ。さっきので濡《ぬ》れたし、雰囲気だけってことで先っちょだけ当ててみようかな」

そうだ、ちゃんと濡れたのだ、わたしは不感症ではないのだよ、ふふふ。

いや、もちろん、当てるだけで入れないけどね！

そうだ、もしかすると、元彼のアレは小さすぎて気持ちよくなかったのかもしれない。これに比べると、そう思う。わたしは少しためらいながら、濡れて冷たくなった下着を下ろし、足首から抜いた。そして、こくりと唾を飲み込み、虹色に輝く立派なもののカリの部分をあそこに押し当ててみた。

「ん……すごくリアルな感じ……」

こすりつけるだけでも気持ちがいい。さっき、ローターを使って1回イってるせいだろう。

うん、わたし、ちゃんと感じてる！

よかった！

「……ん…あれ、ちょっとだけ入った……え？」

わたしは力を入れていないし、もちろんスイッチもないのに、それはぐにぐにと動き始めた。そして、ちゃっかり先っぽをわたしの中に潜り込ませてる。

「こ、こら、止まれ！　ダメだってば」

わたしは犬を叱りつけるように言って、それを抜こうとしたけれど、余計に動きが激しくなった虹色のご神体は、体を震わせながらわたしの秘所の奥へと進んで行こうとする。

「え、ちょっと、やだなに」

突然のことに戸惑うわたしだが、その動きに快感を覚えてしまい、恥ずかしい液体を秘密の穴から迸《ほとばし》らせてしまった。ご神体はそれに喜んだようにぬるぬるくねくねとわたしの奥を目指して進んで行く。

謎の巨大なディルドに犯されながら、わたしはパニックになっていた。

「やだ、く、苦しい、ああん」

あまりの大きさにお腹がいっぱいに圧迫される。けれど、幸いにも痛みは感じない。わたしの女性の部分は、謎のご神体を受け入れているのだ。だけど、その存在感は半端ないから、やっぱりお腹の中が苦しい。

けれど、それは奥へと進みながらわたしの中の感じるところをこするように刺激するから、苦しさを上回る未知の妙な感覚を覚えてしまう。

「あん、苦しいのに、苦しいのに、やだ、どうして？」

そう、困った事態になってるはずなのに、わたしの濡れた狭い道はご神体を感じ取ろうとして、今や肉襞できゅうきゅうと締めつけているのだ。

「やあっ、きもちっ、よくなっちゃう！」

ああ、わたしってば、こんなにエロい身体をしていたなんて！

不感症なんて言った元彼、やっぱり単なるチビちん……いやいや、ご不自由な大きさの男性器をお持ちだったね！

「や、も、無理、抜こう…あれ、抜けない!?」

これ以上進まれるとどうなるかわからなかったので、やる気満々のご神体を抜こうとしたのに……抜けない！　引っ張っても抜けない！　引っ張り出そうとすると、するりと手の中を滑り、途中からぐにぐにと戻っていくのだ。

「いやあ、あん、これ、生きてる!?」

わたしの秘密の細い道の中を、まるで生き物のように蠢いて、感じる部分を捜そうとするように周りをいやらしくこすりながら、ご神体が中を掻《か》き回す。

「や、はあん、だめぇ、も、許してぇ」

両手で引っ張られてもするりと戻るご神体と格闘しているうちに、わたしはだんだんと上りつめていってしまう。

こんな、入れたり出したりして、まるで男性に本当に犯されているようで。

「あっ、あっ、もうダメ、そこはいや、いやあん、もうダメなのにーっ」

とうとうわたしは、ただ快感にのたうち回ることしかできなくなる。

「きもちいっ、きもちいいの、イっちゃう、イっちゃう、ああん、いいっ」

涙が溢れ、だらしなく開けた口からは卑猥《ひわい》な喘ぎ声しか出てこない。

「やっ、もう、イく、イく、イっちゃうーッ、あああああーっ！」

ローターの時とは違う、内部へのいやらしい刺激で、快感を極めてしまったわたしの頭は真っ白になり、あられもない声をあげて全身をのけぞらせて、絶頂に達してしまったのであった。

「あ……」

そしてそのまま、わたしの意識は薄れていった。


気がつくと、わたしはふわふわして気持ちのよい雲の中にいた。白くて柔らかくて、温かい空気に包まれていて、ここはとても居心地がいい。わたしの使っている布団も、入学祝いにもらった羽毛布団なのだが、こんなにもふわふわではない。それに、このふわふわからは芳しい花の香りもして、身体の力がすっかりと抜けてしまう。

ああ、極楽すぎる、気持ちがいい。ひなたの猫よりだらんとしてしまう。

もうひと眠りしようかな、今日は土曜日で、学校は休みだし……。

と、そこで、わたしはなにかがおかしいことに気づいた。

いやいや、ちょっと待ってよ。

わたしはなんで、雲のお布団にくるまっているんだっけ？

だって、さっきまでのわたしは、自分の部屋で、宅配便で届いたアダルティなグッズを……。あっ、ご神体！

虹色のご神体で、わたしは初めての『中イき』というものを経験したんだった！

それからわたしは……どうなったんだろう。

「…んん？」

意識を取り戻したわたしは目を開けた。視界に入ったのは、白いお布団と……天使だった。

わたしはベッドに横向きに横たわっていて、その枕元に天使がしゃがみこんでいるらしい。ベッドの枕元に腕を置いて、その上にちょこんと顎《あご》を乗せて、眠ったわたしの顔を観察していたらしい天使は、わたしと目があった途端、白薔薇の蕾《つぼみ》が綻《ほころ》んだように美しく笑って言った。

「なんて愛らしい娘だろう……」

囁《ささや》くような甘い声だ。そして、麗しい見た目と違って色気のある男性の声だったので、わたしは胸がきゅんとしてしまった。

銀のさらさらした長い髪に小さな白い顔、エメラルドみたいなくっきりした緑の瞳をしたその男性は、この世のものと思えない美しい人だ。シルクのような、光沢のある白いシャツを着ている。

アニメのコスプレをしている人なのだろうか？

明らかに日本人ではないし、コスプレだとしたら世界的にも名前が知られていそうなほどの高レベルだ！

でも、コスプレにしては衣服が地味だし、天使の羽も頭の輪っかも付いていない。

この人は誰なんだろう？

一瞬女性かと思うほどの美形さんだけど、しっかりした骨格をしているから間違いなく男性だ。

のど仏もちゃんとあるしね。

謎の彼は、じいっとわたしを観察していた。

まるで『待て』を命じられた犬のように、その瞳をキラキラさせて。

『よし』の命令を出したら飛びかかってきそうだ。

で、結局この人は誰ですか？

そして、ここはどこですか？

「あ、瞳も黒いんだね。かわいいなあ、飴《あめ》みたい。舐《な》めたいな」

な、眼球舐めだと？

なにやら怪しげなことを呟く天使は、若干引き気味になるわたしに優しげに笑いかけた。

「おはよう、わたしだけの素敵な女の子。わたしの元によく来てくれたね。君に会えて嬉しいよ」

女の子？

確かに女子ではあるけれど、女の子って歳でもないんだよね……。

「え、ええと、あの、ここはどこですか？」

わたしはベッドの上に身体を起こした。別に身体に異常はないみたいだし、体調が悪いわけではなさそうだが……体調は悪くないけど！

動いた拍子に、股間に違和感を覚えてびくっとなったのだ。

やばい。

これは。

入　っ　た　ま　ま　だ　！

ご　神　体　が　っ　！

人生でこれほどのピンチに逢ったことがあっただろうか？

見知らぬ場所で、ノーブラノーパンにふわふわしたホームウェアの上だけを着て、ベッドの上でイケメンとふたりきりである。そして、わたしの中には、非常に立派な……。

いや、ピンチはこれで終わらなかった。

天使なイケメンは立ち上がると、起き上がったわたしの横に腰を下ろした。

あれ、すごく背が高いんだ……立つと明らかに男の人だってわかるわ。

じゃなくって！

これ！

どうしよう!?

気づかれる前に、抜いて隠さなくっちゃ！

こんなにも綺麗《きれい》でかっこいい男性に、いやらしいモノを突っ込んでいることを知られるわけにはいかない。っていうか、知られたら恥辱《ちじょく》のあまりに息の根が止まってしまうだろう。

彼は、肩から10ｃｍほど伸ばしているわたしの髪を、「大切にするよ、わたしの可愛い女の子」と言いながら細くて白い指でさらりとすくっては落とした。働いたことのなさそうな美しい指だ。なんとなく、（この人はファンタジー世界の王子さまのようだな）と思う。

「艶があって、サラサラで、綺麗《きれい》な黒髪をしているね。ねえ、君の名前を教えて？　わたしの名はアドエル・イシュトレート。君にはアドエルって呼んで欲しいな」

少し低めの、耳に優しい声で、彼は言った。

「あの……わたしは坂田美南と言います。美南、がファーストネームです」

そうだ、状況がわからないけれど、初対面なのだからまずは自己紹介をしなくちゃね。

「大学2年生で、理学部に入ってます。で、ええと……ここは……」

「ミナミって言うんだね。とても可愛い名前だね。声も可愛い……わたしのミナミに魔界の祝福を」

アドエルはわたしの頭を胸に引き寄せ、ちゅ、っと頭に口づけた。

いきなりなんなの、この甘さはっ。

日本ではありえない、初対面でのコミュニケーションに固まっていると、アドエルと名乗った天使はわたしに尋ねた。

「ねえ、ミナミは人間、だよね？」

「もちろんです」

人間以外の何に見えるんだろう？

っていうか。

まさか。

ここには、人間ではない人もいるとか……まさかね！　そんな、小説じゃあるまいし！

しかし、この天使さまはわたしが恐れていることをさらっと口にした。

「ミナミ、わたしは人間じゃないんだ」

やめてええええええーっ！

この展開、やめて！

股間にある困ったちゃん以外に問題を増やさないで！

しかし、アドエルは容赦《ようしゃ》なく続けた。

「ミナミはそう言われて、わかる？」

「……わかりません！　確かに、アドエルさんは人間離れした綺麗な人だとは思うけど……もしかして、あなたは天使ですか？」

え？　まさか、マジ天使だったの？　天使アドエル？　ってことはわたし、もしかすると死んだの？

しかし彼は「違うよ」と言って笑った。

「わたしは魔族だよ。ここは魔界という場所で、魔族が住んでいる。そして、わたしはその国の王族で、スライムの王と吸血族の王妃の間に生まれた、第一王子アドエル・イシュトレートだ」

魔族？　魔界？

確かに、アドエルさんは人間というには美しすぎる。ずっと笑ってくれているからいいけど、もしもにらまれたらものすごい迫力があって怖いと思う。綺麗すぎるから。

でも、魔族ってなんだろう？　人間とどう違うのかな。見た目が美しいだけとは思えないんだけど。

そして、どうしてわたしは魔界という国にいるんだろう。

「ミナミの国には、人間以外の生き物はいるの？」

「知性を持っていて、会話ができるのは人間だけなんですけど……」

わたしの国？

頭の中をクエスチョンマークでいっぱいにして混乱するわたしに、アドエルさんは優しく言った。

「もう気づいているのだろう？　ここはミナミが生きていた世界ではないよ。君は次元のはざまを渡って、違う世界に来たんだ」

「違う世界に……」

ということは。

い、異世界トリップですか？

わたしは異世界トリップをして、日本から魔界にやって来たと、そう言ってるのですか？

わたしはものも言えずに、アドエルさんの緑色に輝く瞳をじっとみつめた。

いや、まて。落ち着け。

まずはドッキリではないという証拠を確認しなくては。

ここが異世界だという証拠に……そうだ、建物の外はどうなってるんだろうか。

ええと、太陽がふたつあるとか月が三つあるとか？

そんな大掛かりなドッキリの仕掛けはないだろう。うん、天体の確認だわ。

でも、アドエルさんはもっとあからさまに証拠を出してきた。

「信じられない？　ミナミ、ほら、これを見てごらん」

しゅるりと音がして、アドエルの背中からそれは現れた。

透明グリーンの触手たちが！

「ひえええええええっ！」

人間、びっくりすると、昔話の腰を抜かしたお爺《じい》さんみたいな悲鳴が出ることがよーくわかった。

アドエルは、おっと危ない、と後ろに倒れそうになったわたしを抱きこんだ。

「いやあああああ、なに？　なんで？　しょ、触手！　天使の羽じゃなくて、触手が背中に生えてるの!?」

わたしは本気の悲鳴をあげた。

だって、触手だよ!?

「大丈夫、怖いことはしないよ。わたしの父はスライムだから、わたしもその属性を引き継いでいて、触手を自由に扱えるんだ」

そういえば、さっきスライムと吸血族がどうのって自己紹介をしてたよね。あまりの内容だったので、右から左にスルーしてたよ！

で、スライム？

天使じゃなくて、スライム王子!?

「そっ、それは、便利ですね！」

「はい、便利です」

錯乱したわたしの言葉に、アドエルさんは笑顔で答えた。

「ミナミ、怖がらないで。わたしは決してミナミを傷つけないと誓うよ。痛いことも苦しいこともしない。スライムは生き物の体液を吸ってエネルギーにしているけど、ミナミが食べているような食事からでもそれはまかなえるし、体液さえあればいいのだから、他の生き物の命を取るわけでもないしね。でも……」

アドエルの秀麗な顔がわたしに近づいてきた。そして、彼の瞳が赤く変わり、ほんのりと光を放った。

「デザートくらいはミナミを食べたいなあ……」

「ん、…ふっ、ん」

初対面のイケメンな魔族の王子に、気がつくとディープなキスをされていた。後頭部を彼の手で支えられたわたしは、舌を伸ばして彼のそれと絡めた。

「ああ、可愛いわたしのミナミ……」

アドエルのキスは優しかった。唇を舌でそっとなぞり、内側をねぶり、舌を絡ませてはちゅくちゅくと吸う。口腔内のどこも、彼が触れていないところはないくらいにかき回され、唾液を吸われた。

わたしはキスをしながらなにか甘いものを飲まされて、それからは頭がくらくらして思考力が鈍り、されるがままになっていた。

「甘くておいしいよ、ミナミの唇」

「ああん、アドエルさん、なんでこんな……」

「可愛い、大好き、わたしのミナミ。わたしだけの女の子。たくさん愛してあげるからね……」

耳元で囁かれ、耳たぶをチュッと吸われると、わたしの下腹部がずくんと疼いて中に入っている物体を締め付ける。ため息をつくわたしの口の中に、メロンソーダみたいな色をした触手が一本差し込まれた。

「んんっ？」

「吸ってごらん。中に冷えた薔薇水を入れてあるよ。喉がかわいたでしょ？　たくさん飲むといい」

舌をもてあそぶように動くそれを口をすぼめて捕まえ、わたしはぼんやりした頭でちゅうちゅう吸った。そこから出てきたのは、薔薇の香りと果実の酸味がきいた美味しくて冷たい飲み物だった。スライムの触手は、水筒にまでなるらしい。本気で便利すぎる。

「小さくて柔らかくて、ミナミは本当に可愛いな」

ベッドに座ったままのわたしは「可愛い可愛い、ああ可愛くてたまらない」とすりすりと頬擦りをされる。

「あまりにも可愛すぎて、いじめたくなってきた」

「ひゃんっ」

アドエルはわたしの耳の中に舌を差し込むと、こってりとねぶった。そしてぬめる唇はそのまま首筋を辿《たど》り、皮膚を舐めまわした。

「や、いじめるの、や、あん」

「ね、ちょっとだけ。ひと口だけ、ミナミを飲ませて」

つぷり、と、首のところでなにかが破れる音がした。

「うあああああああーっ！」

突然襲った強い快感でわたしはのけぞり、悲鳴をあげた。同時におなかの中がきゅうっと締まり、中に埋まったままのディルドがわたしの感じるところを刺激した。

「あ、ひ、ひうっ」

「……んんっ、ミナミの血はとろんとして、甘いね。ああ、あんまり飲んだらいけないのに、ガマンできなくなりそう」

ちゅうちゅうと音を立てて、アドエルがわたしの首を吸っている。

今度は吸血鬼の血が目覚めたらしいよ！

はあっ、はあっ、という甘い息遣いがわたしの耳にかかる。

「あ、や、やめてぇ、もうだめっ、吸っちゃダメぇーっ！」

吸血鬼に血を吸われることがこれほどの快感を生み出すなんて、知らなかった。しかも、わたしの中には恥ずかしいモノが刺さっていて、それが感じる部分にこすれて、淫猥《いんわい》に動くのだ。

「あん、あひっ、イっちゃう、イっちゃうーっ！」

上下からの卑猥な刺激で、淫らな声をあげながら、とうとうわたしはイってしまった。

アドエルさんは、唇に着いた血を舌先でぺろりと舐めとると、赤い瞳のままで言った。

「ふふっ、ミナミは気持ちよくなっちゃったんだね。本当に感じやすくて可愛い子だな。ほら、ここもこんなに敏感だよ。ちょっと弄るとこんなに硬くなってくるね、ほら、いい？　気持ちいい？」

ベッドの上で、いつの間にか膝の上にわたしを乗せたアドエルは、今度は服の上からわたしの胸をいたずらしだした。元彼が触れてもうっとうしいだけでちっとも気持ちよくなかったのに、アドエルの白くて細い指でこね回されると、子宮の中までびりびりと快感が響き、あっという間に乳首が立ち上がってしまう。

「やあん、もう弄らないでぇ、やん、ああん！」

お腹の中が熱くなり、きゅうっと恥ずかしいオモチャを締め付けると、またイきそうになってしまい、わたしは腰をもじもじと動かしながら鳴き声をあげた。

「どうしていやなの？　気持ちいいでしょ？　ほら、こんなにコリコリして喜んでる」

「や、ダメ」

「ダメじゃないよ、たくさん気持ちよくなっていいんだよ」

ルームウェアを捲《めく》り上げて、アドエルは乳首を直接口に含んだ。

「あーっ！」

「おっぱいの先、可愛い」

舌を絡め、こすり、つぶし、吸い上げる。固くしこった胸の頂を軽く嚙《か》まれて、痛みじゃない何かでわたしは腰を跳ね上げた。

「やあん、やだ、そこ、ダメなのっ」

「じゃあこっちはどうかな？」

にこりと笑うと、アドエルは右手をわたしの太股にすべらせた。

その途端、背筋を嫌な汗が伝った。

ま、まずい。

そこだけはダメなのだ。

そこをこじあけられたら、中にえっちなオモチャがが入っていることがばれちゃう！

そんな恥ずかしいこと耐えられない！

「お願い、やめて、アドエルさんっ！　そこは見ないでください、お願いですから！」

わたし、大ピンチ！

3
スライム王子は愛情いっぱい⁉

何事にも鍵というものは大切である。キーワード、キーアイテムなど、物事の首根っこを摑む存在である。

異世界への移動でもこの鍵はやはり重要なのだ。例えば、呼ぶ相手の決定、呼ぶ場所と帰る場所の決定、移動の発動など、役目はいろいろある。そして、魔力をたっぷり帯びたオリハルコンが今回の異世界トリップの鍵であったんだけど。

ねえアドエルさん、なんでこんな形になっちゃったんですか？


「アドエルさん、お願いですから」

「はい、ここに寝てみようね」

「いえ、待ってください！」

「待ちません」

笑顔でわたしのお願いを却下するスライム王子である。

「可愛いミナミのお願いだけどね、聞いてあげないよ」

「そんな……ね、お願い」

脚の間を手でかばいながら、涙目できゅっと唇を結ぶと、アドエルさんは「はうっ」と変な声を出して、横を向いた。

「くふうっ、これはたまりませんね！　身体の水分が蒸発して、あやうく干しスライムになってしまいそうな可愛さです！　しかし、わたしには魔界の王子として為さねばならないことがあるのです」

「なにをするんですか？」

「ミナミの身体検査です」

いやあああああああああーっ！

それ、魔界の王子と関係ないし！

「ミナミ、いい子にしましょうね」

わたしはベッドにぽふん、と置かれた。アドエル王子は、妙にキラキラした、まさに天使の笑顔で言った。

「さあ、アドエルお兄ちゃんに大事なところを見せてごらん」

「ひっ」

変態お兄ちゃんプレイ、キターッ！

しゃきーん。

効果音が聞こえるかのごとく、触手たちが見事にそろって現れた。なんだかめっちゃいやらしく、もにょもにょと蠢きながらわたしに近寄ってくる。

「きゃあああああ！　やめてください！　変なことをしないでください、やだ、来ないで！」

わたしは触手から逃れるように、ベッドの上を後ろに下がった。

「さあ、お兄ちゃんにミナミの秘密の場所を見せてごらん。恥ずかしいけど、ミナミはいい子だから我慢できるよね？」

「できない！　しない！　いや、やめて、来ないでーっ！」

わたしは手を振り回して、迫り来る触手を払いのけた。

「ふっ、ふふふ、触手に襲われて目に涙を浮かべて嫌がるミナミ、可愛い……可愛いよ……」

うっとりしたような顔で、アドエルさんは半泣きになるわたしを見ながら呟いた。この天使は見た目が極上なのに、言うことやることがお下劣のようだ、残念！

「あっ、やだ、離して！　やだあっ」

捕まった！

半透明の緑色をした触手の代表二名がわたしの手首に巻き付き、仰向けに倒れたわたしをベッドヘッドのところに万歳の形に固定する。背中から生やした触手たちをいやらしく蠢かせながら、アドエルさんは言った。

「さあ、これで両手は封じられたよ。お兄ちゃんが恥ずかしいところを診察してあげようね」

「ア、アドエルさん、そういうの、どこで覚えたんですか！」

「もちろん、インターネットを使って、地球のデータベースで勉強したんだよ。ミナミのためにね。

魔界とはかなり性的常識が違うからいろいろ驚いたけれど、大丈夫。かなりの知識を身につけたから、安心してわたしにまかせなさい。……このアドエルお兄ちゃんにね」

いやあああ、余計な知識をーっ！　しかもこんなの常識じゃないし！

そのお綺麗な真顔でそういうことを言うのはやめてください！

勉強の方向を間違えているし、『見た目は美人で中身は変態』というギャップ萌えにすらならない問題ですから、全然お任せできませんよ！

幸いまだ脚は自由なので、わたしはそこだけは見られないように死守しようと、膝と膝とをぴたりと合わせたのだけれど。

「はあんっ」

自爆した。

膝を合わせたら、中のご神体を刺激してしまった！

行動が裏目に出て、わたしの中でぎゅうっとそれを締めつけてしまい、身悶《みもだ》えてしまった。いやらしい声が漏れ出てしまい、恥ずかしくて真っ赤になる。熱い液体がそこから溢れ出て太股を伝い、シーツに流れ落ちていくのがわかる。

「ミナミ、どうしたの？　そんなに顔をほてらせて」

どうしよう、あそこに大人のオモチャを入れて気持ち良くなって、ドロドロのくちゅくちゅになっているところをアドエルさんに知られるなんて、耐えられない。心臓は激しく打ち、呼吸も激しくなってしまう。

「あの……ほどいて……」

涙目になって、お願いするようにアドエルさんを見たのだが、逆効果だった。

「うぐうっ、ミナミが可愛すぎる！　……ミナミのここが、どうかしたのかな？　お、お兄ちゃんが、調べてあげるからね……」

「いやあっ、触っちゃダメーッ！」

いやいやしたが、脚の付け根の隙間に指を差し入れられてしまった。

「あ、びちょびちょになってる。体液でこんなに濡れ濡れになって……これはなんとも美味しそうだな……」

うわあああ、スライムは体液に目がないんだね！

「やめっ、そこっ、こすらないで」

感じやすくなっている恥ずかしい場所をくちゅくちゅと弄られて、わたしの中がきゅんきゅんと締まり、またディルドを締めつけて感じてしまう。

「お願い、許して、ああん」

「ミ、ミナミ、可愛いっ」

わたしを観察していたアドエルさんまでなんだか赤くなってしまい、ハアハアと変態っぽい荒い息遣いをしながらわたしに迫ってくる。

「いいんだね、ここがいいんだね。わたしに触られてそんな顔になって、感じてびしょびしょにしてしまうなんて……ああ、もう我慢できないよ、ほら、いい子だからわたしにここを開いて見せてごらん」

そのままわたしの膝に手をかけ、強引に押し広げようとする。

「いや、やめて、お願い……ああ、そこはだめぇっ」

「力……抜きなさい、いい子、だから……ああ、すごい」

わたしの足をM字に割り広げたアドエルさんは、ぱあっと顔を輝かせた。

「見ないでって言ってるのにーっ」

「もうぐちょぐちょに濡れてるね。あ、これ、奥まではいっているのかな？　これがそんなに気持ちがよかったなんてね。じゃあ、ひっぱるよ？　ほら、気持ちいいの？」

ぐりゅんと引き出された拍子にいいところをこすられて、わたしは「ああん！」と身悶えた。

「やめてください、それを動かさないで」

「動かしちゃダメだったのか、ごめんね。じゃあ、奥まで戻すね」

「あひいっ！」

半分くらい抜かれたものを、再び奥底まで押し込まれて、わたしは身体を震わせた。

「ミナミの中が、いやらしくくぷくぷいってる。とても気持ちがよかったんだね。可愛かったからもう一回ひっぱっちゃおう。押し込むとたくさんおつゆがこぼれてくるよ、わかる？　じゃあもう一回入れたり出したりしてみるよ、ああ、いっぱい出てくる、もったいないから吸っちゃおう」

ぐちゅ、ぬちゅっ、ぐぷっ、と恥ずかしい湿った音を立てて、アドエルさんはわたしの中をディルドで責めた。そして、そこに顔を寄せると、たまらずに溢れ出した淫液を舌先で舐めとり始めた。

「美味しい、これはわたしの大好物になりそうだよ」

ぴちょぴちょと音を立てて、スライム王子はわたしの秘所を舐めた。そして、手も休めなかったので、わたしは太いディルドに犯され続けて、下半身を震わせながら喘《あえ》いだ。

「ひゃうっ、あん、はあん、だめだってば、入れたり出したりしちゃだめぇ、ああっ、そんな、舐めないでぇ！」

男根型のモノを抜ける直前まで引いては奥まで突っ込む、という動きをゆっくりと何度も繰り返され、わたしは快感でのた打ち回った。膣壁がこすられ、えぐられ、蹂躙《じゅうりん》される。強い刺激に後から後から愛液が湧き出てくる。

それをわたしの股間に顔を埋めた王子が夢中で舐めとっていた。その舌の刺激がさらにわたしを高めてしまう。

「あ、あ、あ、アドエ、あうっ、イく、イく、も、イっちゃううううううっ！」

涙と唾液をこぼし、わたしはのけぞって絶頂に達してしまった。身体全体にびりびりと痺《しび》れるような快感が伝わり、頭が真っ白になる。

初対面の男の人に、彼氏でもない人に、オモチャを何度も出し入れされて、イってしまうなんて。恥ずかしいのに、そのせいで余計に感じて、おしりの穴までがひくひくと痙攣《けいれん》しているのがわかる。

アドエルさんは虹色のディルドを抜いた。くぽん、と音がでる。わたしはもう声も出ず、身体を震わせる。

「わたしの形でこんなに感じて、ミナミのことが可愛くてしょうがないよ」

「……アドエルさんの、形？　……やだあ、そんなの舐めないで！」

「なんで？　もったいないじゃない。ミナミの体液は全部わたしのものだからね、一滴たりとも無駄にするつもりはないよ」

彼はなんと、ぬらぬら光るご神体に舌を絡ませて、わたしの恥ずかしい液を舐めとっていた。

やめて、ビジュアル的にそれは酷すぎる！　精神がガリガリと削られるぅ……。

いやそれよりも、聞き流せないことがあった気がする。

「アドエルさん、その形がどうとかって、どういうことですか？」

「ん？　このオリハルコンの形だよ。わたし自身のものと同じだ」

オリハルコンって……どこかで聞いたことがある。ファンタジー世界の、架空の金属の名前だったと思うんだけど。

「アドエルさん自身がこのモデルってことは、うわあ、超特大サイ……じゃなくて、これはアドエルさんが作ったものなの？」

彼は虹色の巨大な男性自身をひょいと見せながら、わたしに言った。

「うん、そうだよ。でも、作っているときはこんな形になるとは思わなかったんだけどね。わたしは、わたしの半身、つまり魂の伴侶を呼ぶための呪文を唱えて魔力を流したんだ。そうしたらなぜか、こうなったんだよね……。ミナミが世界を渡るための鍵を作ったはずなんだけど、なんで……」

アドエルさんは不思議そうに言ってから、わたしのあそことご神体を見比べながら、納得したように頷《うなず》いた。

「いや、こうしてみると、やっぱり適切な形なのかもしれない」

「不適切です！」

速攻で突っ込ませていただく。

「そんなことはない、ミナミがわたしの形を入れて喜んでくれたから、異世界から無事に次元を渡って、こうしてミナミがわたしのベッドに来てくれたんだよ？」

そんな渡り方はいや……。

わたしは呆然《ぼうぜん》として、天井を見た。

いや、もう何も言うまい。ちょっとした気の迷いで、これを入れてしまったのはわたしなのだから。

坂田美南20歳、自分で責任を取れる成人です。

「確認しておきたいんですけど、わたしはうちに帰ることができるんですよね？」

否定されたらどうしようかと不安になりながら、聞いてみる。

「帰れるよ。そのための鍵なのだからね。もとの世界のもとの場所、時間に返すことができる。しかも……」

「あっ」

アドエルさんが話の途中でわたしのあそこに顔を近づけて、舌を這わせ始めたので、わたしは「やあっ、やめて！」と身悶えた。

「……まだおつゆが残っているから舐めさせてもらうよ、スライムとしてこれは見逃せないからね。ええとね、ふっ、いい味……その鍵を使えば何度でもここと あっちとを安全に行き来することができるんだ。だから、安心してわたしのものになっておくれ、んん、可愛いミナミ」

「だめえ、そこで喋《しゃべ》っちゃだめ、イッたばかりでまた感じちゃうから、ああっ、そんなところまでいやあ！」

アドエルさんが責めてくる範囲が広がってきて、後ろにあるすぼまりまで舌で突かれたので、わたしは抗議した。

「ふふ、穴があったら入りたくなるのがスライムなんだよ。ここに可愛いお豆を見つけたから、この専用の触手でいじめてあげる。こうやって、つまんだり、こね回したり、くにゅくにゅ弄ると気持ちいいでしょ、ほら……」

『専用の触手』があまりにもいやらしく感じやすい粒を責めるので、わたしは腰を振りながら鳴き声をあげた。

「こんなにお豆を固くして。ミナミはえっちな女の子だね」

「いやっ、もう、いいから、よすぎておかしくなっちゃうから、もう許してぇっ」

「ああ、甘くて美味しいミナミのおつゆがいっぱい出てきたよ。恥ずかしくお漏らししてるね。わたしがこぼさず舐めとってあげるからね」

「あっ、あっ、あああーっ！」

もういや、気持ちよすぎて死んじゃう！

でも、この後さらに恥ずかしいことをされてベッドで悲鳴をあげることを、スライム初心者のわたしは予想することができなかったのだ。


「あん、や、あ、あ」

「ここも気持ちがいいの？　可愛いね、わたしのミナミ。たくさん可愛がって気持ちよくしてあげるからね。して欲しいことがあったらちゃんと言うんだよ？　ミナミのためなら、なんでもしてあげるからね」

「や、やめ、ちょっと待って、ああん！」

みっともなく開き、よだれを垂らしたわたしの口からは、絶え間なく喘ぎ声が出ている。もう気持ちがよすぎて、苦痛に近いほどだ。

誰よ、わたしを不感症って言ったのは！

「やめ、やめて」

「ふふっ、遠慮しなくていいのに。可愛い恥ずかしがり屋さんだね」

遠慮じゃないいいいーっ！

触手で身体中を責められて、もう限界なのーっ！

「ああもう、ミナミは可愛すぎて、スライム的には食べてしまいたいくらいだよ。包んで溶かして全部取り込んでひとつになってしまいたいけど、そんなことをするとミナミがなくなっちゃうからね。ちょっと舐めたり弄ったりするだけにしておくね」

シャレにならないスライムの本能、危険すぎる！

頬を染めて蕩《とろ》けた笑みを浮かべた物騒な美形は、わたしの中に指を3本も埋《うず》めて、いいところを弄《いじ》くり回しては、顔を見て優しく笑う。濡れた指を時々口にくわえて吸い、ゾクゾクするくらい妖艶な表情で「美味しいな……」と舌なめずりする。

「愛する女の子の体液がこんなに美味しいなんて、知らなかったよ」

指だけではない。同時に何本もの触手が乳房をこね、固くなった粒をつまみ上げ、かと思うと脚の間に入り込んで感じやすい肉芽をコロコロと転がしたりつぶしたり、アドエルさんが操る触手はそれぞれの受け持ち場所を熱心に責めている。

なのに、そんなにも責められているのに、イキそうなのにイカない微妙な快感を保たれて、わたしは泣きながら身をよじるしかない。

「どうしたの、これでは物足りないの？　じゃあ、いじめるところを増やしてあげようね。ちょっとミナミの穴を見せてもらおうかな。スライムとして、恋人の穴についてよく研究する必要があるからね」

「そんな研究はお断りします！　アドエルさん、やめて、きゃあっ」

触手がわたしの脚を摑《つか》み、持ち上げて開脚させた。その間に綺麗な顔を近づけて、アドエルさんが観察している。

「いや、見ないで、変態、えっち！　アドエルさんのえっち！」

「……ええと、ありがとう？」

「褒《ほ》めてないーっ！」

全力で抵抗したいところだが、両手も両脚もグリーンの触手でぐるぐる巻きにされて自由を奪われているし、腰はアドエルさんの手でがっしりとつかまれている（こんなに綺麗な指なのに、ものすごい力があるのだ！）ため、抗議するしか方法がない。

「さて。穴が３つあります」

「本気で観察しないでーっ！」

「ここは、さっき世界を渡る鍵を飲み込んでいた穴だから、使い道は了解です！」

いい笑顔で親指を立てられても、困ります！

「で、前にある小さな穴だけど……実地で調べて行こうかな。ミナミ、ここの穴は好き？　ねえ、感じる？」

「ひゃんっ！」

前方の、普段はあまり気にしていない穴をぺろりと舐められ、わたしは鳴いてしまった。

「そこはやめて！」

「どうして？　結構気持ちよさそうなのに……」

舌の先を尖らせて、アドエルさんが前の穴、すなわち尿道口をつんっと突いた。

「ああっ」

その拍子に急に尿意が押し寄せてくる。きっとさっきたっぷり飲んだ薔薇水のせいだ。冷たくて美味しかったし、喉が渇いていたから勧められるままにごくごく飲んでしまったのだ。ああ、こんなことならあんなに飲まなければよかった。

いや、別に、単にお手洗いに行かせてもらえば済む話だよね！

でも、この状況では……。

「アドエルさん、あの……」

どうしよう、トイレに行きたいけど、言うのが恥ずかしい。

こんな格好でえっちなことをしている最中に、おしっこがしたくなっちゃっただなんて、会ったばかりの美形男性には言えないよ。

「どうしたの？」

「あの、その……わたし……」

わたしを責める手が一斉に止まったため、なんだか余計に言い辛い。アドエルさんは、不思議そうにわたしの顔を見て、なにをお願いするのかとワクワクしながら待っているようだ。

でも、このままだとわたし……わたしは……。

もっと恥ずかしい状況になりたくなかったので、わたしは思いきって言った。

「あの……おトイレ、行ってもいい、ですか……？」

きゃあああもう恥ずかしい！

こんな時にもう、ほんとに、いやんなっちゃう！

アドエルさんは長い銀髪をさらりとかきあげ、首を傾げた。

「ん？　トイレ？　ここにはないよ」

「……え？」

やっとの思いで言ったのに、予想と違う答えが返ってきてわたしは口を開けて固まった。

「わたしはスライムだからね。体内に取り入れたものはすべてエネルギーにするから、排泄は必要ないんだよ。だから、トイレは作っていないんだ」

「な……ないって、でも、わたしはスライムじゃないから、トイレが必要なんです！　じゃあ、わたしはどうすれば……」

「心配しなくても大丈夫だよ。言ったよね、ミナミの体液は全部わたしのものだって。だから、全部わたしが吸い取ってあげる」

なんですと？

なんですとおおおおおーっ⁉

吸い取る？　アドエルさんが吸い取る？

どうやって？

どうやってええええーっ！

それは、変態プレイというやつではありませんか？

いわゆる『スカトロ』っていう、濃いジャンルですよね？

無理です。

わたしはまだそんな深いところまでは無理です。

まだ全然初心者なので、そういうSMとか特殊なえっちはできません。

だいたい、彼氏でもないアドエルさんと、こんなことをしてること自体がちょっとおかしいですよね！

けれど、そんなことを考えて青くなるわたしの気持ちなどスルーして、魔族の王子さまはにこやかに言った。

「ミナミから出てくるものは全部甘くていい匂いで美味しいから、大丈夫」

いやいやいやいやいや、全然大丈夫じゃないです！

わたしは人間なので、スライムとは常識が違うんです！

「ほら、出してごらん。ええと、どうするんだったかな？　あ、こうだね。はい、ミナミちゃんはいい子ちゃんでちゅねー、しーしー」

新たな変態要素が加わったよ！

アドエルさんは触手を巧みに操ると、わたしの身体を起こして幼児を『しーしー』させるポーズをとらせた。しかも、その正面にアドエルさんがいて、折り曲げた脚を持って開かれたあそこをばっちり見ている。

「いやあああ、見ちゃダメーッ！」

「いい子いい子、さあ、しーしー出してごらん」

「ここではいやあっ、やめて、アドエルさん、こんなのいやです！」

「大丈夫、気持ちいいよ？　全部余さずわたしが受け止めるから、安心してわたしの顔に……」

「絶対に、いや！　アドエルさんのした勉強は間違ってます！　あっ」

だんだんと強まる尿意に、わたしは顔をしかめた。

「ほら、我慢すると身体に悪いよ。わたしはミナミの身体が心配だから……仕方がないね」

そう言うと、アドエルさんはわたしを再びベッドに横たえた。

「わたしが手伝ってあげようね。ミナミのためなんだよ？」

アドエルさんは、わたしの秘密の穴の中に右手の指をするりと突っ込んだ。そして、膀胱の裏側あたりから、指先をくいっと使って圧力を加えた。さらに、反対の手で下腹部を押す。

「ほら、我慢しないで出していいから」

「いやっ、いやっ、だめ、やめて、漏れちゃう、おしっこが出ちゃうっ」

「いいから出して。ほら」

「いや、絶対いや、いや」

わたしは泣きながらいやいやと首を振った。アドエルさんは「困ったなあ」と、美しい顔を曇らせた。

「おしっこを我慢したら、ミナミは病気になってしまうよ。わたしはミナミを苦しめたくないのに……そんなにいやなんだ……」

そして、なにかを思いついた様子で、顔を輝かせた。

いやな予感しかしないんですけど！

「わかった！　怖くしなければいいんだ、なにもかもがわからなくなるくらいに気持ちよくしてあげる。優しくしてあげるよ」

確かに口調は優しい。でも、そう言ったアドエルさんの目を見て、わたしはぞっとした。透き通った緑色のはずのその瞳の奥に、ねっとりと光る恐ろしいものが感じられたのだ。

「そうだね、気持ちよくてお漏らししちゃえばいい。ミナミはおしっこの穴を弄られるのは好きだよね」

「あ、やん！」

触手に、出口をこちょこちょとされて、わたしは声をあげてびくんとした。

「やだ、好きじゃないっ」

「でも、弄っていたらこっちの穴からはしたないおつゆが溢《あふ》れてきたよ」

そう言って、アドエルさんがわたしの真ん中の穴をぴちゅぴちゅと音を立てて弄って「ほらね」と言った。

「大丈夫だから、スライムの触手を信じて。痛くないようにうんと細くして、中のほうも弄ってあげる」

「え……あ、いやっ、いやです、やめてーっ！」

滑りをよくするためか、粘液をたっぷりと垂らしながら、細い触手がわたしの股間に向かってきた。

「可愛い小さなお口にいいコトしてあげようね」

だから、そういう変態知識をどこで……って、ネットか！

ネットの情報をすべて信じてはいけないと、誰か魔界に周知させてください！

「やめて、入れないで、いや、いや、ひゃうっ！」

ぬるり、と変な感触がして、触手が尿道口からもぐりこんで来た。くじくじとまわりをほじくりながら、狭くて恥ずかしい穴を進んでくる。

「変なことしないでぇ、あん、やあん」

あまりにも非常識なことをされて、わたしはいやいやしながら鳴き声をあげた。いやなのに、なんだか身体がぞくりとする気持ち良さを感じてしまい、わたしは信じられない思いでアドエルさんにやめてと叫んだ。このままだと、変態になってしまう。そんな恐怖感に捕らわれる。

「穴の中をぬるぬるされて気持ちいいでしょ。ああ、膀胱に届いたようだね。ほら、全然痛くしないよ、わたしが痛くなくて気持ちだけよくなるように、いいもので触手を包んであげたからね。だから、こんな風に入れたり出したりすると」

「ひゃあああん！」

「いいでしょ？」

触手が抜かれたり突っ込まれたりと、何度も往復を繰り返す。そのたびにわたしは強い快感と尿意に襲われ、鳴き声をあげてしまう。

「や、やめ、やめ、あひぃん」

口から涎を垂らしながら、奇妙な悲鳴をあげてしまう。そんなわたしの痴態を見て、アドエルさんは天使の微笑みで言った。

「ね、気持ちいいね。とても可愛い顔で鳴いていて、見ているわたしも嬉しくなってくるよ。スライムはね、いろんなものを身体の中で造ることができるんだよ。だから、ミナミを絶対に傷つけないで気持ちよくしてあげる。たくさん可愛がってあげるから、わたしだけのものになるんだよ。ほらね、この穴を塞いでおけば、おしっこは出ないからね、安心して気持ちよくなって」

「あっ、ひ、ひぃっ、おしっこ、ああっ」

高まる尿意と全身を貫く快感で、わたしはおかしくなりそうだった。

「もっと気持ちよくなるように、わたしのモノで中からもこすってあげようね」

「あああああああっ！」

もう気が狂いそう。

アドエルさんは服を脱ぎ捨てて裸になった。彼の持つ熱くて太い塊が、とろけるように軟らかくなってしまったわたしの秘所にめりこむ。ずん、ずんと重く中に進み、まんべんなく膣壁をこすり、押して行く。くちゃ、ぬちゅ、といやらしい音を立てて、わたしの女の穴が悦んで男を飲み込む。

ああ、熱くて、溶けちゃう。

あまりの存在感にお腹がいっぱいになって、目の前がかすんでくる。

「あう、ひうっ、しん、じゃう」

「ミナミの中、すごくいい。熱くてきつくて、うねうね締め付けてくるよ。ごめん、もう我慢できないかも」

正常位で交わっているため、わたしの真上にアドエルさんがいる。引き締まった筋肉質の身体を惜しげもなくさらした天使が、男の顔になって淫らな笑みを見せた。

「あ、あ、あ」

「んっ、いいよ、こんなに柔らかくてぬるぬるなのに、わたしのをくわえ込んで放さないね。たまらないよ。いいところをこするから、動くよ、ああ、気持ちいい、ミナミ、気持ちいいよ、いい」

「あ、ひ、ひ、ひいっ」

「ミナミの中に、入っているのは、わたしのモノだよ、ほら、感じて、ここが、いいんだろう」

身体中の性感帯を弄り回され、クリトリスもこねて弄られ、おしっこが噴き出しそうな尿道をくねくねと触手でいじめられて、身体の中心を肉棒で責められて。わたしはもう言葉も出ず、喘ぎ、鳴き、そして快感の頂点に達してしまう。

「イってごらん、おしっこを出しながらイってごらん、わたしも、一緒に、ああ、ミナミ、ミナミ……ッ」

「あ、ああ、やあ、やああああああああっ！」

感じるところを強くえぐられ、尿道に入っていた触手を抜かれて、わたしは恥ずかしい水を股から噴き上げながら弓なりにのけぞり、イってしまった。同時に、熱いものが身体の中に注ぎ込まれるのを感じる。

ああ、熱い……。

恥ずかしいのに、すごく気持ちがいい……。

わたしの意識は、そのまま遠くなっていった。

4 アドエルとの未来は……

目を開けると、わたしは再び雲の中にいた。

さっきと違うのは、この雲には天使さまが住んでいるということ……。

「……はうあっ!?」

美形の顔をどアップで見てしまい、免疫のないわたしは飛び起きようとして、勢いよくぼふっとベッドに沈む。天使に身体をしっかりと抱きこまれていたのだ。

背中からベッドへと流れるプラチナブロンドに白い肌、ビスクドールのように整った顔に濃くて透き通った緑の瞳を持つ魔族の王子様は、人畜無害そうな笑顔を浮かべていた。

裸で。

裸で！

わたしの記憶が蘇《よみがえ》り、あまりのいたたまれなさにじたばたと身悶えた。すると、抱いてる腕に力が入り、わたしは王子さまのすべすべの頬で「可愛い可愛い」と頬擦《ほおず》りされた。

「もう、ミナミったら可愛い声を出して」

今の叫びが可愛いだと？

アドエルの頭はどれだけ〝可愛いフィルター〟補正がかかっているの？　そんなに『可愛い』連発されたら、中の中レベルだと自覚しているわたしなのに、実は本当に可愛いんじゃないかと誤解してしまうではないか。

「そんなまん丸な眼をしたら、舐めたくなっちゃうよ」

添い寝していた天使、アドエル王子は舌を伸ばして本当にわたしの眼球を舐めようとする。彼は、ひええええ、と思わずつぶったわたしのまぶたをひと舐めすると、再び頭にすりすりしはじめた。

「可愛い可愛い可愛い、絶対誰にもあげない、わたしだけの女の子、大好き、愛してる、わたしの伴侶、運命の恋人」

今度はふかふかと息を吸い込む音がする。

うわ、に、匂いをかぐのはやめて！

身体が密着すると、滑らかな肌と温かい体温が気持ちいい。

なんだか薔薇のようないい香りがするし、陽だまりの庭園にいるみたい。

「……ひゃあああ、裸っ！」

妙に居心地がよくて和んでしまっていたけれど、そこで改めて気づいたことに、わたしと王子様はすっぽんぽんで抱き合っていた。

すりすりふかふか。

意外にしっかり筋肉の付いている腕に抱かれて、わたしは身動きが取れなくてその場でもがいた。

「状況の、把握を、要求します！　ねえ、なんでこうなったか、最初からちゃんと説明してよ！　あ、首を舐めちゃだめぇっ！」

「ええとつまり、アドエルは彼女が欲しかったんで、魔法をかけた大人のおもちゃでわたしをこの世界に強制的に引っ張りこんだってことでＯＫ？」

ベッドの上に向かい合って、正座をするアドエル（すでに呼び捨てになっている）とわたしである。ちなみに、わたしはシーツを肩からかけて身体を隠し、アドエルの気になる部分には枕を置いてある。背中の触手は収納してあるので、彼は人間にしか見えない。とんでもなく美形だけど。

「……ミナミったら……そんな身も蓋もない縮め方をしないで。わたしは本気で運命の相手に出会いたかったんだよ。魂の半身、永遠の伴侶になる人に。わたしは魔力が強いから、探索の魔法で自分の半身を探すことができたんだけれど、この世界にいないことがわかって一度は絶望したんだ。けれど、根気よく探して、とうとう異世界に存在するっていうことがわかった。だから、世界を渡る鍵を飛ばして、ミナミを呼んだのに。わたしの純愛を……そんな、盛《さか》りのついた獣みたいな言い方をしなくても……」

「盛っている以外のどういう状況だっていうのよ！　会うなりなんの説明もなく、あんな、あんな破廉恥《はれんち》なことをして！」

しょんぼりしてみせるアドエル王子にすかさず突っ込んだ。

「だって、運命の相手なら会った途端に恋に落ちるから、少しくらいいちゃいちゃしても当然だと思うし……ほら、ミナミだってあんなに気持ちよくなっていたじゃないか！　ね？　気持ちよかったよね？」

口元を尖らせたアドエルに突っ込み返された。無駄に可愛くて腹が立つわ！

「わたしが弄ったら、ぬるぬるのあそこから美味しいものを後から後から垂れ流して、わたしの欲望を煽りまくるように腰を振って、甘い蜜をペロペロ舐めるとまたたくさんの……」

「変態！　うう、それは、まあ、あれだけど、確かに流されたわたしもいけないけど……」

だめだ、思い出しちゃだめだ。人生反省しても後悔はしちゃいけないのだ。

でも、いきなり異世界にトリップして、多少は驚いたもののアドエルを受け入れてしまったということは、やはり彼が運命の相手だったからなのだろうか。

スライムの王子さまが、運命の恋人。

人間じゃなくて、スライムの……。

わたしは、目の前にある、あまりにも綺麗すぎる顔を見た。確かに彼は人間離れした外見を持っている。イケメンの極みと言ってもいいだろう。

でも、スライムだ。

背中から、グリーンの触手を出して、ぬらぬらと迫ってくる変態だ。

まあ、慣れると触手にもあまり抵抗がないけど……って、なにこの順応性！

わたし、変態じゃないはずなのに！

「……ええとですね、過ぎたことはとりあえず置いといて、これからのことを前向きに考えましょう！　ね？」

「うん、そうだね。ふたりの未来について話し合おうね。嬉しいなあ」

股間を枕で隠した全裸、という残念な姿で、プラチナブロンドにエメラルドの瞳をした美しい王子さまは、甘く優しく笑った。


「とにかく、いつでも帰れるっていうことは確かなわけね？」

異世界トリップにおいて、重要なことをまずは確認した。

「うん、それは保障するよ。この鍵があるから大丈夫」

ベッドサイドにあるテーブルに置かれた鍵を指さされて、わたしは「うっ」と呻《うめ》いた。

それって、大丈夫って言えなくない？　ねえ？

顔をひきつらせるわたしをスルーして、アドエルの説明は続いた。

「それから、こっちの時間の進み方はミナミの世界とすこしずずれているから、向こうにいる1日がこっちの1ヵ月になって、ミナミが歳をとる早さもゆっくりになる」

「ゆっくりってことは……30年で1歳分歳をとるってこと？」

こっちに1ヵ月いて、日本に戻ると、1日経っているだけになるわけ？

「そうだね、そうなるね。それから、わたしの魔力で肉体的な老化はさせないよ。寿命が来るまで可愛い今のミナミのままだ」

なにその美味しい話！

「だから、一生可愛がってあげる」

一瞬で物騒な話になった！

「じゃあ、もしもよ、もしもわたしがアドエルの彼女になってお付き合いするとしたら……まだ舐めないの！　触手も出さない！」

喜びのあまりフライングしようとする触手をつかんで固結びにすると、アドエルは「ミナミってば酷い……」と叱られた犬のように言った。

「わたしが毎日こっちに顔を出せば……アドエルは1ヵ月に1度わたしに会える、っていう感じになるのかな」

いや待てよ。

逆ならともかく、毎日こんな目にあったらわたしの身が持たない。

さらに、毎日ご神体でいたさなければならない、ということになる。

ちょっとそれはどうかと。

「違うよ。ミナミは帰れるけど帰さない。だって、ミナミはわたしのお嫁さんになるんだよ」

「……お嫁、さん？」

「そう。伴侶だって言ったでしょう？　出会ったからには離さないから」

ぎゅううううう、抱き込まれた。脚もからめられた。

やだ、大事なところに王子のリアルご神体が当たってる！

おまけに、アドエルの背中から触手が団体で現れ、わたしたちをぐるぐる巻きにしていく。

束縛系の粘着系でおまけに変態……？

見かけの秀麗さにごまかされていたけど。

この人、もしかしてかなりヤバいかも？

だいたい、魔族だし。スライムと吸血鬼のハーフだし。

わたしはこのまま日本に帰ることなく魔族のお嫁さんにされてしまうのだろうか。まだ大学2年生で勉強も途中だし、社会人経験もない。わたしはまだ何も成していないのに。

予想した反応がなくていぶかしく思ったのであろうアドエルは、わたしの額に自分の額をこつんと当て、目を覗き込んだ。

「どうしたの？　ミナミはわたしのことが嫌い？　そんなことないよね。だって、ミナミは間違いなくわたしの伴侶なのだから」

「……よくわからなくなったんだけど……アドエル、わたしには断る権利があるの？」

少し震える声で訊く。

「断る権利って……」

「このまま魔界でアドエルと結婚するんじゃなくて、日本に帰って暮らすことは……」

「……ごめん。帰さない。でも、ミナミのためなら何でもするし、欲しいものは何でも手に入れる！　嫌なことが起こらないように守ってあげる。だから、そんなことを言わないで、わたしと共にいて？　ミナミ、お願いだから！　ね？　ミナミの願いはなんでも叶えるから。なんでも……ミナミ？」

ないんだね。

わたしに自由はないんだ。

ゆっくりと、アドエルに言う。

「アドエルはこの国の第一王子で、次期国王で、国を治める仕事をしなくちゃいけないんでしょ？　そのお嫁さんになれって言ってるんだよ？　よその世界から飛ばされてきたなんにも知らないわたしが王妃？　そんなの、まともな人じゃ許さないでしょ。だいたい、わたしはなにをしたらいいの、なんのために存在するの。大学では情報システムを勉強していたんだけど、ここにパソコンはないよね。魔法の国だもん、コンピューターなんていらないよね。ねえ、わたしは、なにもできないわたしは、ここでなにをしたらいいの？」

「……わたしの子どもを産んでほしい」

「……」

「わたしの子どもをたくさん、産み育てて欲しい。ミナミにしかできないことだよ！　それはとても名誉なことだと思うけど」

「ごめん、感覚が違うよ！　確かに、アドエルの子どもを産むことも大切なことだとは思う。でも、有無を言わさず連れて来てそれしか選択がないなら、子どもを産むだけの道具になれって言われているとしか思えない」

「ミナミは道具じゃないよ。大事なわたしの伴侶だよ。……わかってもらえない？」

「……アドエルが、わたしのことをとても気に入ってくれていることはわかる。運命の伴侶っていう感じ方が強いのもわかるの。正直、わたしも理屈じゃないなにかをアドエルに対して感じているから。だけど、なんであなたがわたしの人生を決めてしまうの？　わたしはわたしのものであって、自分の人生は自分で決めたいの。動物じゃなくって人間なの。ちゃんと自分の考えがあるの」

「ミナミは……わたしだけのものになってくれないの？　わたしの伴侶なのに、なぜ？　ミナミの言ってることがわからないよ」

ああもう、なんて言ったらいいの？　生きている世界が違うとか、感じ取るものが違うとか、種族が違うとかのせいなのだろうか。

顔は綺麗で、体つきもとても好みで、あっちの相性もいい。セックスがとんでもなく気持ちいいものだということも教えてくれた。魔族だというけど一緒にいて安心できるし、なんだか楽しい。たぶん、好きになっているんだと思う。

だけど、だからといって、『好きだ』『わたしも』でくっついて終わり、っていうものじゃないと思う、そんな簡単に誰かだけのものになるわけにはいかないのに。

「……ない」

「え？」

「あきらめないよ、わたしはやっと手に入れたのに。ようやく逢えたのに手放すなんてできない」

怖い。

背筋がぞくりとした。

笑顔を消し去ったアドエルが、目の前でつぶやく。

「心がわたしのものにならないのなら、ミナミの身体だけでも欲しい。人形でもかまわない。ミナミ、よく考えて」

「アドエル……なにを……」

「いいね、考えて。じゃなきゃ……なにも考えられなくなって、ね？」

その顔は、まさに魔性のものだった。

「ミナミ、考えて考えて考えて……あきらめてね」


「やめて、アドエル、これをほどいて。こんなことしないで……」

ベッドの上で、わたしは恐怖を感じてしゃくり上げていた。わたしの両手は触手でまとめられて上にくくりつけられ、脚はM字に開脚させられてこれも触手に縛られている。わたしの拒否にあって様子が一変したアドエル王子のやったことだ。

それまでの、優しく甘い王子さまは、わたしが結婚を断ると信じられないといった呆然とした顔になった。次にそれが悲しげに歪《ゆが》み、そして、最後に人が変わったように冷たい表情になった。

「ミナミ、可愛いわたしのミナミ、絶対に逃がさないよ。わたしだけの宝物、わたしだけの女の子……」

「やだ、こんなのやだ、放してーっ！」

もがいても、グリーンの触手はきつく締まるだけだ。

薔薇の蕾のような美しい唇に薄い笑みを浮かべながら、彼はわたしを押さえつけ、泣き叫ぶわたしの声がまったく聞こえない様子で恥ずかしいポーズにして固定をした。甘い言葉を呪文のように囁きながら。

けれど、彼の目は全然笑っていなかった。空虚な緑色の、底冷えするようなガラス玉だ。さっきまでの喜びに溢れて生き生きした瞳とは大違いである。今の彼は、天使じゃなくて、美しく残忍な悪魔に見える。

震えたら負け。そんな気がしてわたしは恐怖と戦っていたのに。

「アド……ん、や、んん、ん、ん、ん」

アドエルが上にのしかかり、むさぼるように口づける。彼はわたしの口内を舌で荒々しくかき回し、甘い何かを注いでくる。スライムはいろんなものを合成できるって言っていたから、これは媚《び》薬《やく》かもしれない。危機感を覚えて飲み込まないようにしていたのに、無理やりにそれを飲み込まされると、頭がぼうっとして、身体に力が入らなくなってきた。

これは絶対にヤバい薬だ！

「可愛いミナミ、わたしと一緒に気持ちよくなろうね。わたしとひとつになって。わたしがミナミのことを全部お世話してあげる、一生可愛がってあげる。愛してる。愛してるんだよ、ミナミ」

彼が囁く愛の言葉も、わたしには機械仕掛けの音声にしか聞こえない。

「ミナミ……」

アドエルに口づけられる。

わたしはとても怖い思いをしているはずなのに、アドエルに口蓋を舌でちょろちょろとくすぐられると、下腹部がうずいてくる。ぞろりと強くねぶられると腰が動いてしまう。むき出しの秘所がアドエルの身体でこすられ、その刺激でいっそう高まってしまう。

「や……あ……」

媚薬の効果は覿面《てきめん》だった。彼はわたしの恥ずかしい割れ目を指で辿り、くちゅくちゅと音を立てた。その度に身体が疼き、恥ずかしい液体がわたしの中から湧き出てくるのがわかる。

「こんなに濡らしながら嫌がるなんて、ミナミは悪い子だね。嘘つきなミナミがいい子になるようにお仕置きをしなくてはいけないね」

「やあっ、も、やめ……」

冷たい瞳の悪魔が、わたしの口の中に太い触手を差し込んだ。先からは薔薇の香りの水。

「う、んぐっ」

「いっぱい飲むんだよ。身体の中の悪いものは全部出して、綺麗なミナミになろうね」

薔薇水がどんどん送り込まれてくる。わたしは必死で飲み込む。

「ぐふっ、ぐほっ」

もうお腹がいっぱいで飲めないのに、無理やり口に含まされ、送り込まれ、わたしはむせこんだ。

「ミナミの肌はどこもすべすべで気持ちがいいよ。こうやって触手で触っても、手のひらで触っても、まるで吸いつくようでとても気持ちがいい。滑らかな肌だ。ミナミはお人形さんみたいだね」

「いやあああ、やめて、くすぐったい」

「可愛いわたしのお人形さん」

「やめ、あん、ああん！」

けほけほ咳き込みながら悶えるわたしにお構いなしで、触手たちは今度は細かく分かれ、一斉にわたしの身体中をくすぐり始めた。

「やあっ、あはははは、やめ、きゃあああははははははは」

さっき飲まされた媚薬のせいで敏感になっているところを、たくさんの触手にこちょこちょとくすぐられたものだからたまらない。わたしは狂ったように笑ってしまった。

「こらこら、女の子がそんな下品に笑っちゃだめじゃない。ミナミは王妃になるんだから、もっと上品に振舞わなくてはならないよ。ほら、我慢して」

「くすぐるのやめてえ、あは、あはははは、苦し、あはははは、苦しいいいーっ」

「ちゃんと我慢できないならもっとお仕置きだよ。ほら、このくちゅくちゅに濡れた恥ずかしい穴のところもくすぐるよ、いいの？　ほら」

「いやあ、いや、いや、あっあはあっ、あはははは」

細い触手がわたしの丸見えになっている恥ずかしい部分をもくすぐり始めた。おしっこの穴からも入り込み、浅いところでこちょこちょとくすぐる。

「やめ、やらっ、ひい」

もう呂律《ろれつ》が回らず、おかしな声になってしまう。

やがて、秘密の穴に潜り込んだ触手が中でいっぱいに広がって、弱くていやらしい刺激でわたしの身体の中からくすぐった。くすぐったさと快感が湧き起こり、頭が変になってくる。

「おっと、もうひとつ可愛い穴があったね。ちょこんとすぼまったここも可愛がってあげなくちゃね」

すでに限界を超えているのに、アドエルは薄く残忍な笑いを浮かべながら、後ろの穴にも触手を近づけた。

「ああっ、そこはやあっ、きゃあん、あははは、そこはダメーッ、ダメ、や、あはははは」

とうとう最後の穴にも触手が取り付いて、入り口をこちょこちょと弄りまわす。

「やらっ、らめっ、も、ひいっ」

涙とよだれをたらしながら、わたしはベッドの上で激しく身もだえ、そのこぼした液を上も下もすべて触手が吸い取っていく。

「いやらしい眺めだね。ミナミは本当に淫らな女の子だ。下の口からあんなにいやらしいおつゆをこぼして。触手が吸い込むじゅるじゅるっていう音がしているよ。さてどうかな、さっき口から利尿作用のある液体を飲ませておいたから、そろそろ効いてくるはずなんだけど。未来の王妃さまはいい子で我慢できるかな？」

利尿作用!?

それは、つまり、ええええーっ!?

アドエルは冷たい指でわたしの敏感な花芽をつまみ、指先でクリクリこねまわした。

「あひっ」

わたしは急に強まってきた尿意に身体を震わせた。

「やらっ、やめっ、アドエル、やああっ、くしゅぐらないで、出ちゃう、漏れちゃうよおっ」

「うん？　漏れちゃうって、何が漏れるのかな？」

嫌だと言ってるのに、彼はよりいっそう激しく触手でわたしを責めた。

「やらあ、お、お、おしっこ、やあはははは、漏れちゃ、おしっこ漏れちゃう、あはははは、お願い、許してーっ、や、あはははは」

「くすぐられておしっこが漏れそうなの？　ミナミったら笑いながらなんて恥ずかしいことをいうの？　女の子が『おしっこ漏れそう』だなんて言っちゃやだめでしょ」

そういいながら、アドエルは尿道口を舌先を使ってでペロペロとなぶり始める。

「やらっ、もれる、もれるうっ」

「ミナミのここからおしっこが出ちゃうのかな。恥ずかしいね、お漏らしするなんて、とても恥ずかしい子だね。だから我慢しようね」

「いやあ、舐めないれ、舐めちゃらめ、らめ、れちゃう」

「このまま出したらわたしの顔におしっこがかかっちゃうよ、恥ずかしい穴からぴゅーって出てくるのが見えちゃうよ」

「いやあああーっ」

もう、ちょっとの刺激でおしっこが漏れそうなくらい、尿意が強くなってきたわたしは、呂律が回らない口で泣きながら叫んだ。

「れちゃうからどいてえっ、ああ、もうらめぇ、見ないれっ、もれる、もれちゃうのーっ！」

すると、こともあろうにアドエルはおしっこの出るところにぴったりと口をつけ、ちゅうちゅう音を立てて吸い上げた。

「あーっ、らめえええええええーっ！」

わたしはこらえきれずに、その刺激で勢いよく排尿してしまう。そして、わたしが噴き出したおしっこを、彼は直接飲んでしまった。

「あ……あ……いやあ……」

一度出始めたおしっこはなかなか止まらず、それをすべてアドエルが飲み干して行く。排泄する瞬間を見られ、しかもそれを男性に飲みこまれ、あまりの恥ずかしさと排尿の快感とでわたしの頭は真っ白になり、軽く達してしまう。びくん、びくん、と痙攣《けいれん》するわたしにアドエルが言った。

「美味しい……フェロモンがいっぱいで、甘いよ。可愛い匂いがする。ミナミのおしっこの臭いだね」

大量の恥ずかしい水を、本当に一滴残らず吸い込んだ恐るべきスライム王子は、舌で口の周りをぺろりと舐めた。

「もう誰にもあげない。ミナミの出すものはすべて残さないでわたしがもらうよ」

「やめて……恥ずかしいから、もう言わないで」

排泄と共に媚薬が抜けたのか、我に返ったわたしは羞恥のあまりに真っ赤になって言った。

「変なことをするのはやめて」

「全然変なことじゃないよ？　伴侶の体液をもらうのがスライムとしての当然の務めだし……ミナミだって気持ちがよかったくせに。おしっこを漏らしながらイくなんて、ミナミはすごくいやらしい子だね。それに、穴をくすぐられて気持ちよくなっちゃうなんて、我慢が足りないと思う。だから、もっとお仕置きしなきゃね」

「わたしは全然悪くないと思います！　やだ、やめてよ」

わたしの秘所に、つぷりと触手が突き立った。

「ああーっ！」

1度イかされたわたしは、身体がすっかり敏感になっていた。

「あれ……こんなことでもう感じちゃってるの？　いやらしすぎるよ、ミナミはどうしてそんな子になっちゃったのかな。ほら、もっと我慢を憶えなさい。躾《しつ》けのためのお薬を塗るからね」

「やめて、どうしてあなたは変なことばかり、あっ、やあっ！」

秘所に潜り込んだ触手が中をこすり、なにかをすりつけた。またしても、スライムの力で余計なものを作り出したのだろう。すぐにむずむずする刺激が湧き起こってきて、わたしは腰を振った。

「かゆい、かゆいーっ、最悪、やだ、なにこれ、やめてよ、取ってーっ」

「ああ、そんなに腰を振って、おねだりしているみたいでみっともないからやめなさい」

「中がかゆいのっ、ああん、いやあ、かいて、かゆい」

いくら腰をひねってもかゆみは治まらない。中に指をつっこんでばりばりかきむしりたいけど、腕は拘束されていて何もできない。

「かゆい、かいてぇ、お願い、指でかいて」

「ふうん、そんなにかゆいんだ。すごいね、顔が真っ赤になってお尻をふって、わたしを煽《あお》っているの？」

「違う、かゆいから、お願い、早くかいてーっ」

「その薬はね、指でかいてもかゆみが治《おさ》まらないんだよ。男のモノを入れてこすらないと治《なお》らないんだけど……どうする？　入れて欲しい？」

「入れて、かゆい、早く入れて中をこすってぇ」

「うわあ、女の子がそんなにいやらしいことを言って。本当に我慢ができない子だね。悪い子だ」

細い指をずぶずぶと3本も差し込み、アドエルが中をかいたが、彼の言う通りにかゆみはまったく治まる気配がない。

「やっぱりだめだね。わたしのを入れてあげようか」

引っ張り出した指を舌で丁寧に舐めながら、アドエルは言った。

「入れてってば、早く」

「それが人にものを頼む態度かな？　何度も言うようだけど、ミナミは王妃になるんだからね。もっとちゃんと言ってごらん」

「うっ、お願い、お願いします、入れてください、うっく、かゆいよお」

「なにをどこに入れて欲しいの？」

「あ、アドエルの、おちんちんを、わたしの恥ずかしい穴に入れてください」

「入れるだけでいいんだね」

「入れてこすってください、お願いします、中をごしごしこすってください、ううっ、かゆい、早くして」

「ちゃんと言えるじゃない。ミナミはいい子だね。ご褒美《ほうび》に中をうんとこすってあげようね」

アドエルの太い肉棒がわたしの秘所にあてがわれ、一息に貫いた。

「あああああーっ！」

かゆい膣壁が一斉にかかれ、わたしは快感の声をあげた。

「気持ちいいっ、もっとこすって、ああっ」

「！」

アドエルは、ものも言わずに腰を打ちつけた。何度も何度も打ちつけた。

わたしは快感で真っ赤なとろけた顔をしていたに違いない。

「あ……いい……気持ちいいよお……もっと……」

熱に浮かされたように、わたしはつぶやく。

彼は無表情のまま腰を打ちつけ……やがて、涙を流した。

なんで泣くの？

全部自分がやっていることでしょ。

わたしの身体だけでいいって。

心はいらないって。

わたしの身体を、好きなように弄くりまわして、責めて、満足でしょ。

意識が遠くなり、身体の中をアドエルにこすられながらわたしは気を失った。

5 スライム王子の恋人たち

次にわたしが目覚めた時は、ベッドに一人きりで横たわっていて、アドエルの姿はなかった。わたしに異常な執着を見せた彼がいないことが信じられなかったけれど、部屋の中には他に人の気配はない。

触手による身体の拘束は、もちろん解かれていた。起き上がって身体を調べてみる。ちょっと口には出せないような各種の液体にまみれていたはずの肌は、今はさらっとしていて、わたしは新しいネグリジェのような薄い服を着せられていた。

アドエル王子が後始末をしてくれたのだろうか。わたしはあんなに暴れたのに、手首や脚にアザや傷はひとつもない。魔法で治してくれたのだろうか。それとも、なんでも作れるスライム自慢の触手で、いい傷薬を合成してくれたのだろうか。

わたしは自分の腕を撫でた。

アドエルは泣いていた。冷たい目をしてわたしを責め立てているくせに、人形のように美しく無表情なのに、緑色の瞳からはらはらと涙をこぼしていた。

彼はわたしをここに閉じこめて、思い通りに嬲《なぶ》って心を壊して王妃に据《す》えようとしているのだろうか。でもそれで、彼は満足できるの？

わたしが初めて目を開けた時、『わたしだけの女の子』『魂の半身』と言って、それはもう嬉しそうに笑っていた。そこには、わたしに対する愛情が溢れていて、同じようにわたしが彼を愛していることを疑っていない様子だった。

そう、雛鳥が母鳥の愛情を疑わないのと同じように。

アドエルのあの無邪気な瞳は、もう取り戻せないのだろうか。

考えると、胸がつきりと痛んだ。

異世界に問答無用で連れてこられて、会うなり非常識な愛情表現……つまり、エロ行為をされて、本来ならば彼に対して怒りしか湧かないはずなのに。

やはり、わたしと彼は運命の恋人同士なのだろうか？　彼のことが嫌いになれないのだ。スライムと吸血鬼のハーフだし、人騒がせで迷惑だし、人の話をまったく聞かずにわたしに余計な性的な奉仕をしようとするし、穴があったら潜りたがるし、本当におバカさんな美形王子だというのに。

「バカなスライムほど可愛いとか……わたし、終わってるわ」

ため息をついて、ベッドに倒れこんだ。


こんこん。

小さなノックが聞こえた。

それから、何やらドアのところでガチャガチャと音がしてから、部屋の出口が開いた。鍵をかけられていたみたい。細くあいたドアから、人影がふたつ滑り込んできた。

まさか、わたしはさっそく命を狙われてるとか!?

「誰？」

起き上がり、すぐに逃げ出せるようにしていると。

「ごきげんようー」

「突然ごめんなさいねー」

元気で可愛い声がふたつした。

「あ、こんにち、わあっ、しましまネコさん！」

入ってきたのは、ふたりの若い女性だった。

赤い髪の活発そうな女の子と、なんともうひとりはネコミミさん！

うわあ、うわあ、リアルネコミミ、テンション上がるわあ！

ふわっふわだ、ふわふわネコミミが、今ぴくんとしたーっ！

さ、さわさわしたい！

ちょっとだけ、ねえ、ちょっとだけ！

わたしの両手は、無意識のうちにエアネコミミを揉んでいたようだ。

「あ、あら、意外に元気そうみたいね。よかったわ」

赤毛の女の子が、目をぱちくりさせて言った。

「あん、視線が熱いわ、耳が焦げるー」

ネコミミさんが両手でトラ縞の耳を押さえる。

やば、鼻息がふんふん荒いのがばれたかな。

ネコミミさんはメイド服ドレスを着ていて（尻尾を出す穴が開いていた！）もうひとりの人はシンプルなドレスに真っ赤な髪、緑の瞳をした妖精っぽい感じのお姫さまだ。魔界にいるってことは、彼女も人間じゃないのだろうか？

「はじめまして、異世界からのお客さま。わたしはタニア・デル・イシュトレート。第二王子セベルの妻よ。人間の国アリューサからここへ嫁いできたの」

妖精さん、ではなく人間さんが言った。まだ十代に見えるけど、この若さで人妻だったのね。

「わたしはナンシー。第三王子フリュードの、間者兼侍女兼婚約者なの。今はタニアのところで働いているけど」

ネコミミさんも自己紹介をしてくれた。

「あ、はじめまして。わたしはミナミ、ええと、坂田美南です。こんな格好でごめんなさい」

ぺこりと頭を下げる。

「あら、気になさらないで。いろいろ大変だったという話は聞いているわ」

「ええ、ほんと、いろいろ災難だったわねー……ったく」

なんか『いろいろ』のところに含みが感じ取れるんですけど。

そしてナンシーさん、今「あんの変態三兄弟……」とか呟きませんでしたか。あ、気のせいですか。

「拉致監禁とか、最低最悪じゃない。信じられないわね」

「あの長男、最凶だから。綺麗な顔して中身が真っ黒だよね」

あらあら、もしかすると、やってることがみんな筒抜けですか？　ちょっと、いや、かなり恥ずかしいかも。

でも『変態三兄弟』っていうくらいだから、この二人もスライム王子に似たような目に会ってるっていうこと？

おお、同士よ！

「あの、来ていただけて嬉しいです。どうしていいかわからなくて」

この世界でようやく味方に会えたようなので、わたしはほっとして言った。

「そうよね、別の国から来てさえ大変なのに、異世界から来たんだもの。かわいそうに」

「わたしたちが来たからには、もう男共の好きにはさせないわ。安心して」

なんだかこのふたり、めちゃめちゃ心強いんですけど。

「ねえミナミ、あなたが望むなら今すぐ元の世界に戻すこともできるわ。わたしがあの『卑猥な鍵』を取ってきてあげる。大丈夫、ナイフさえあればたいていのことはできるから」

ちらりとまくったタニアさんのドレスの下に刃物の光が見えた。

この妖精のお姫様、脚にサバイバルナイフを仕込んでるよ！

そして、世界を渡る鍵がご神体型なのもバレてるーっ！

「一番厄介な間者もわたしなら止められるから大丈夫よ。ふふっ、この城のことは知り尽くしてるから」

ネコミミさん、目がきらーんって光りましたよ。

ナイフを隠したタニアさんが言った。

「どうする？　ミナミが自分の国に帰りたいなら、このまま帰してあげるわ。まあ、アドエル王子はかわいそうだけど、やり方を間違えてるのが悪いんだから仕方ないでしょう。彼のやり方は、非常識なスライムにしても酷すぎるもの。女性の気持ちをわかってくれないなんて、殿方として致命傷だわ」

「本当よ。いくらスライムでも許せないレベルね」

タニアさんもナンシーさんも、ぷんぷんである。

やはりアドエルは、魔界の常識からしても、かなり非常識なことをやらかしたのだ。

「……」

ここから逃げ出せる。監禁され、心を壊されずに済むのだ。

わたしは考えた。

このまま帰ってしまえば、もう酷い目にあうこともない。

帰って、学校に行って、とりあえず元彼をひっぱたいておきたい。

勉強して就職してバリバリ働いて、いい歳になったら結婚相手をみつけて。

あの変態王子のことは、悪い夢にしてしまえるだろう。

でも、本当にそれでいいの？　後悔しない？

アドエルに、もう二度と会えなくなるのだ。

あの、ガラス玉みたいな、死んだアマガエルみたいな瞳になっちゃったアドエルを、ひとり置いて帰れるの？

『可愛い、大好き、愛してる、わたしだけの女の子。ミナミのためならなんでもしてあげるからね』

さらさらのプラチナブロンドに緑の瞳の、変態王子さま。

うっとりしたようにわたしを見て、眼を潤ませて喜ぶ、おバカさんだけど憎めない困ったわたしの……真実の恋人？

ううっ、だめだ。胸が苦しい。

「これがもしかすると、子どもを捨てる親の気持ちなの？　アドエルがすがる姿が目の前に浮かんで見えて、痛い、胸が痛すぎる！　なにこのわたしの乙女反応！」

「おと……め……え？」

「ちょっとミナミ、どうしたの？　大丈夫？」

ベッドの上ではあはあと荒い息をしながら、わたしは胸を押さえた。そして、心配そうにわたしを見守るふたりに言った。

「取り乱してごめんなさい、せっかく助けに来てくれたのに……でも、このままでは戻れません、後悔するから。わたし、反省はしても後悔はしたくないんです。アドエルとちゃんと話し合って、納得して帰りたいの。こういうのって甘いですか？」

それを聞いて、ナンシーさんが明るく笑った。

「ううん、甘くないわ、むしろカラいでしょ。アドエル王子にとどめを刺してから行くんだから」

「さすがだわ、ミナミ！　あの王子と付き合うだけの根性は十分あるわね。なるほどね、運命の伴侶ってことがよくわかるな……できることなら、わたしたちのお姉さまになっていただきたかったわ」

「ええ、まったく！　アドエル王子の周りをうろちょろしている腹黒お嬢様よりずっといいわ。むしろアドエルにはもったいないくらいだけど……ねえミナミ、本当に王妃をやる気はない？」

「王様のおしりを叩く、簡単なお仕事よ」

いや、違うでしょ、簡単じゃないし！

わたしは首をぶんぶん振った。

「残念だわ……そうね、じゃあ、ほとぼりが覚めたら、あなたにナンシーを付かせるわね」

「大丈夫よ、わたしたちがついてるわ。いざとなったら、アドエルを縛り上げてミナミを逃がしてあげる」

「夫たちにも手伝わせるから大丈夫よ」

ああふたりとも、こんなに可愛いのに頼もしい！

「ありがとう、本当に、ふたりとも、ありがとう」

「いいのよ、女同士助け合いましょうね」

神！　マジ女神！

そうしてふたりは来た時のように、静かに部屋を出て行った。何事もなかったように、元通り鍵をかけて。

「失礼いたします。お客様のお食事をお持ちいたしました」

ふたりの心強い味方がいなくなってからしばらくすると、部屋にたっぷりの食べ物が届けられた。タニアさんたちが手配してくれたのだろう。

カラカラとカートを押して入ってきた一見人間に見えるメイドさんが、部屋に置かれたテーブルの上にてきぱきと食器を並べてくれる。使用人があまりお客さんのことを詮索するとよくないからなのか、わたしとは目を合わせない。

……少し寂しい。

わたしが寂しさをテレパシーに込めてメイドさんを見つめていたら、表情が変わらないまま、彼女の耳が赤くなるのがわかった。

「申し訳ございませんが、５秒以上視線が合わないようにしていただけますでしょうか」

極度の照れ屋さんなのかな？

やがて、テーブルに並べられた料理の匂いを嗅いで、わたしの腹の虫が反応した。よく考えてみると、ここに呼び出されてからわたしは何も食べていないのだ。アドエルは魔族だけあって、人間の食事とか、そういう生理現象に対する理解に欠けるのだろう。

自分はいろいろ吸ってお腹がいっぱいだろうからね！

タニアさんたちがいてくれなかったら、飢え死にしちゃうところだったよ。

やがてメイドさんは、空になったカートを押しながら「失礼いたします」と出て行ったけど、滑るように進む後ろ姿を見たら、足が床に着いていなかった……やっぱり人間じゃなかったね！　もしかしたら、５秒以上目を合わせたら魂を吸われてしまったりしたのかもしれない。

魔界って怖い。

異世界トリップがあまりに衝撃的なことだったから食欲もなかったんだけど、他の王子の彼女さんたちと話したらなんだかほっとして、お腹がすいてきた。身体を起こし、いまひとつ力が入らない足でベッドから降りて立ち上がろうとするんだけど、ふらふらしてうまく歩けない。しかも、数歩で腰を抜かして床にぺったりと座り込んでしまった。

「む、無念……」

どうやら思ったよりダメージが大きいようだ。でも、なんとか自力でテーブルにたどり着かないと、ごはんを食いっぱぐれてしまう。それだけは避けたい。こんなに動けなくなるということは、すでに命の危険があるかもしれない。ああ、ローストビーフっぽい何かが、魚のソテーっぽい何かが、野菜の蒸したものにいい匂いのするソースがかけられたものやふわふわしたパンや色とりどりのフルーツやプチケーキの盛り合わせっぽい何かがっ、すぐそこでわたしをっ、待っているというのに。

「ううっ、動けない……お腹すいた……くうっ、スライムめ！　呼ぶなら人間の生態を把握してから呼びやが……れ……本気でヤバいよお……」

わたしは半べそをかきながら、ふかふかのじゅうたんの上を低速のはいはいで前進した。

「……何をやってるの？」

その時ガチャリとドアが開き、今一番会いたくない人物が入ってきた。アドエルは、哀れな姿で床を這《は》いずるわたしとテーブルの上とを見比べて、はっとした顔をした。

「あ……ごはん……！」

今、心の中で『忘れてた』って呟いたでしょ！

わたしにはわかるぞ！　顔から血の気が引いて、怯《おび》えるようにわたしを見たからね！

「お腹がすいたんだけどっ」

わたしは涙目になっていたけれど、きりっとアドエルをにらんだ。

「人間は、ご飯を食べないと死にます！　死にますから！」

「……知ってます、ごめんなさい！　すみませんでした、死なないでください！」

素直な返事が返ってきた。そして、わたしのところにやってきて、床にぺたりと座っていたわたしの膝の下に手を入れ、抱え上げた。

「きゃあ」

「ごめんね、ミナミ、本当にごめんね。ご飯を食べようね」

アドエルはテーブルに近づくと、そのまま椅子に座る。

わたしを膝に乗っけたままで！

「さあ、たくさんお食べ」

「下ろしてよ、ひとりで食べられるから」

しかし、アドエルはわたしの額にちゅっとキスを落としてから言った。

「本当にごめんね、消耗して、手にも全然力が入らなくなってるじゃない。ほら、わたしが食べさせてあげるから大丈夫だよ。ミナミ、口を開けて。あーん」

アドエルは、美味しそうなローストビーフのようなものをフォークに突き刺すと、わたしの口元に持ってきた。

「タニア、ええと、弟のお嫁さんで、狩りが得意な人間の子なんだけど、その子が狩ってきた獲物の肉だよ。タニアは美味しいって食べてるよ」

「……………」

なんの肉かわからないけど、人間のタニアさんが美味しいなら、確実に美味しいよね。

わたしはごくりと唾を飲み込んだ。

「ほら、いい子だからあーんして。食べないと死んじゃうよ、ミナミが死んだらわたしも死ぬから！」

「ちょっ、アドエル！」

次期魔王じゃないのか？

そんなに簡単に死んでいいのか？

「ミナミ……食べないなら、わたしが口移しをしてでも無理やりに……」

絶対にいや！

「あ、あーん！」

開けましたよ、食べましたよ、あーんしてもらって！　口移しとかされたら困るでしょ。このスライムは、触手を使って口をこじ開けるくらいのことは確実にやりそうだしね。

それに、今はとにかく少しでも体力をつけて自力で動けるようにならないと、檻のなかのハムスターみたいな立場から抜け出せなくなっちゃう。

わたしが素直に口を開け、肉をもぐもぐ食べ始めたのを見て（美味しい！　お肉はすごく美味しかったよ！）アドエルはほっとしたような顔をした。

「こっちのお魚も、焼き立てのふわふわしたパンも、美味しいよ。野菜スープも食べなね、はい」

アドエルはいそいそと食べ物をわたしの口に運んできた。わたしは空腹だったこともあるし、体力を回復させたかったから、余計なことは考えずにひたすら食べた。アドエルは、つまめるものは指でつまみ、食べさせたついでに口の中をちょろって触るのも忘れない。

「可愛いなあ、ミナミ、すごく可愛くてわたしは幸せだよ。伴侶に餌を食べさせるのが、魔族の求愛行為だからね」

そ、そうですか……。

まあ、口移しじゃないだけよしとしよう！

わたしの精神力を削る『お口にあーん』だったけど、逆にアドエルの精神は回復したみたい。すっかりご機嫌になったアドエルと、なんとか話し合いに持っていくことができた。

「あのね、アドエルとしては、わたしにここに残ってもらいたいわけでしょ」

「もちろん」

「じゃあ、わたしがここにいることで、わたしにとってどんな良いことがあるのか、わからせてちょうだい。プレゼンテーションして」

「プレゼンテーション？」

「そう」

まだ下ろしてもらえないので、キラキラした美形の膝に乗せられて、緑の瞳に至近距離から見つめられるという状態だったけど、わたしは必死で彼に伝えた。

「わたしはね、もとの世界で大学を出て、それから働いて、学んだことを生かして自分の力を試してみたいと思ってたの。ねえ、わたしにとって、日本でやっていくよりもやりがいのある仕事が、ここに用意されているの？　やりたかった情報システムの勉強を中断して、人生設計を変えてもいいと思わせる何かがあるの？　それをわたしに伝えて。わたしは友達や家族と別れて、知り合いのいないこの世界で暮らすことになるんでしょ。『わたしがいるからいいだろう』とか言わないで。日中アドエルにくっついて生きていくわけにもいかないよ？　わたしが今お嫁入りする決意をするだけのものがこの世界にあることを、わたしに納得させてちょうだい」

食後のお茶を飲まされて、まだお膝の上という少々真面目さにかける状況ではあったけど、わたしは言いたいことをアドエルに伝えた。

「それとも、まだ『心はいらない身体だけ』とか言うの？　アドエルにとってのわたしの存在なんてその程度？　身体が欲しいんだったらオリハルコンで人形でも作って、それを可愛がっていればいいじゃない。心があってこそのわたしなんだよ」

「…………」

アドエルは真面目な顔でじっとわたしの顔を見ていた。

わかってもらえただろうか？

だいたい、魔族と人間は、わかりあえるものなんだろうか？

「……そうか、そうだね。ミナミはお人形じゃないものね。ちっちゃいけどちゃんといろいろ考えられるんだ」

アドエルは、わたしの頭にすりすりと頬を寄せた。

「ごめんなさい、ミナミ。わたしが間違っていたよ。自分の思い通りにならないからって、大切な伴侶を壊そうとするなんて、わたしは最低だな。これで次期国王だなどというのだから、まったくもって片腹痛い」

「アドエル……」

「魔法を使って、ミナミの意思を確認もせずに呼び寄せた挙句《あげく》、思い通りにわたしを愛さないからといって……乱暴に扱うなんて……日向に引き伸ばしてカリカリにされてもいいくらいに酷いことをした。わたしはミナミのことを好きだと言いながら、自分勝手なお人形遊びをしていたんだね。本当にごめんなさい」

「アドエ……あん！」

ええと、言ってることはちゃんとしていますね。

わがままな魔族の王子さまの成長が見られて大変嬉しいです。

けれどね。

耳もとに唇を寄せて響く低音で囁いて、そのまま舌を耳に入れてぴちゃぴちゃ舐めるとか、耳介を口に含んでこってりとねぶるとか、そういう、下半身に響くことをしないでいただきたい。

「ごめん、ミナミ、ごめんね」

「ひゃうっ、やめてよ、アドエル！　アドエルったら！　今はお腹がいっぱいで、そういうことをするのは無理でだってば」

「わたしはお腹が空いて仕方がない。ね、ちょっとだけ」

「だめ、こら、首筋を舐めないで！　人間と同じ食事でエネルギーが取れるって言ってたじゃないの。まだご馳走が残ってるから、これを食べてよ」

「それはそうだけど……こんなに美味しそうなものを目の前にして、吸血族の血を引くものとして、我慢できないよ……」

んんっ、という、アドエルの口から漏れた熱い掠れ声を聞いて、わたしの身体は熱くなってきてしまう。

「や、ダメ、アドエル、いやあん」

首筋に這わされた舌の動きで、わたしの中の官能が呼びさまされてしまう。

もう、わたしったら、食欲が満たされたら即性欲なの？

「ごめんミナミ、吸血鬼でごめん！」

「きゃあああああああああんっ！」

吸われちゃいました。

そして。

一回イッちゃいました……。


「ああミナミ、かわいそうに！　こんなに消耗してしまったら今日は一人で歩くのは難しいね。転んだりしたら危ないから、わたしがお風呂に入れてあげよう」

「……誰のせいだかわかってる？」

「ああ、かわいそうなミナミーッ！」

都合の悪いことはちゃっかりスルーする無駄にキラキラしたイケメンスライムは、わたしの態度が軟化したのが嬉しかったらしく、全身で喜びを表現する。『お前は懐いた子犬か！』と突っ込みたくなるレベルである。

ちゃんと話を聞いてくれたようだからと思って、食後に『ちょっとくらいならすりすりしたり匂いをかいだり触ったり舐めたりちゅっちゅするくらいならいいかなあ』と放置したのがいけなかったのかもしれない。アドエルは、わたしで遊ぶのが楽しくなってしまったのか、『自分がお風呂に入れる』というとんでもない提案をしてきた。

「大丈夫、わたしは王族だけどマメなスライムだから、身体を洗うのは得意中の得意だよ？　お湯がなくても洗えるくらいに得意なんだから」

どうやって洗うつもりなのか、考えたくないわ！

わたしは丁寧に辞退した。

「結構です。一日くらいお風呂に入れなくっても人間は死なないし、第一この程度なら、ごはんを食べて休んだらお風呂に入れるくらいには体力が回復すると思う。ねえ、だいたい、誰のせいでこうなっちゃったと思っているの？」

すると、アドエルは大げさに悲しげな顔をした。

「そうだね、わたしのせいだ！　みんなわたしが悪いんだ。ここはやっぱり、男らしく責任をとらせてもらうよ、だからお風呂はわたしに……」

「そういう責任のとり方はお断りします！」

こんなにきっぱりとお断りしているというのに、全然聞いちゃくれない。

あー、やだやだ、みんなにちやほやされる王族ってこれだからいやだわ。

それじゃあ急いでお風呂の用意をしてくるね、なんてことを笑顔で言って、あなたはかいがいしい新妻ですか？

わたしをふんわりとベッドにおくと、アドエルは白いシャツを腕まくりして、膝下までのブーツを脱ぎ、ズボンのすそをまくり上げた。いやはや、とても王子様のする格好ではない。でも……袖からあらわになった腕は筋肉がしっかり付いていて、ちょっと筋張ったセクシーなもので、あの腕でわたしを……とかいろいろ妄想が始まっちゃって、ヤバいです。男子の袖まくりって、全部脱いでるよりいいよね、断然セクシーだよね！

余計なことを考えて萌えてしまったわたしは、なんだか顔が熱くなってきてしまい、そっと目を逸らす。で、勇ましい格好の王子様は長い銀髪をなびかせてお風呂に向かい、魔力を使ってお風呂の掃除とお湯はりをしてくれたようだ。サービスに薔薇の花びらも撒いているらしい詠唱が聞こえてくる。

……地位も権力も力もあり、申し分ないイケメンで、完璧な王子さまなのに、なぜこんなにも残念に思えるのだろうか？

「さあ、準備ができたよ。今日からわたしが身体も髪も洗ってあげる」

「今日から!?」

アドエルは、輝くような笑顔でわたしに両手を伸ばしてくる。

ええとね、こんなきらっきらの美形王子様に、わたしのような並で色気も充分だとは言えない身体を洗ってもらうとは、恐れ多いというか、少し寂しい気持ちになるんですけど。

「さあ、いい子だから脱ぎ脱ぎしようね、ミナミ」

そんな乙女心に気づくこともなく、きらきらにギラギラが加わった瞳で、アドエルはベッドの上でわたしの服を脱がせ始めた。

「ちょっと待って、せめてタオルで隠しながらにしてくれない？」

わたしは、背中の触手を総動員して脱がせてくるアドエルから胸を隠しながら言った。

「大丈夫、この部屋は結界が張ってあるから、わたし以外の誰にも見られないよ」

「アドエルに見られるのが恥ずかしいんでしょ！」

「ああもう、ミナミのそういうところが可愛い！　可愛いよ！　もう恥ずかしい穴まで、全部わたしに見られちゃったくせに」

「いやあああ、言わないで！」

「ふふっ、もっと恥ずかしがって。どこを見られるのが一番恥ずかしいの？　おっぱいの先？　あ、可愛い、わたしに見られただけでとがっちゃった」

彼は胸を隠したわたしの両手に触手を巻きつけて引き剥がすと、そこに息がかかるくらいに顔を近づけて言った。

「やだもう、見ないでよぉ」

「このこりっとした先をしゃぶってもいい？　それとも……えっちなミナミがしゃぶって欲しいのは、こっちのほうかな。わたしの大好きなものをいっぱい出してくる、いやらしいトコロ」

綺麗な顔をして、この王子はドSのようだ！

「……ああ、さっきイッちゃったから、濡れているね。こんなにぬるぬるして……わたしを誘ってるの？　こうやってこすると気持ちいい？」

「やあん！」

アドエルは大きな手のひらでわたしの秘所を覆うようにして、押しつけながら揉み始めた。感じやすいそこはすぐに熱を持ち、トロトロと液を分泌してしまう。

「や、やめて」

「『舐めて』って言ったの？」

「ばかアドエル！」

恥ずかしくて真っ赤になったわたしの顔を見て、彼は満足気に笑って舌なめずりする。綺麗な相貌でそんな獣じみた仕草をされ、わたしはそれだけで達してしまいそう。

「ああん、もう触らないで、だめ」

「洗っちゃうのがもったいないなあ。こんなに美味しそうなものを出されたら、スライムとしてはたまらないよ。ここはわたしがいただこう」

手のひらのぬらぬらを見たアドエルは、美味しそうに舐めとり、それからわたしの目をのぞきこみながら頭の位置を下げていく。

「やめて、そんなのを舐めないで、ひゃあん、そこもだめぇっ」

服を全部脱がされたわたしの脚と脚の間に頭を埋め、アドエルはぴちゃぴちゃと舌を使い出した。興奮しているらしく、荒くなった息が敏感な場所にかかる。見た目にそぐわないがっちりした腕と少し筋張った大きな手がわたしの膝を押さえて割っている。それを見て、あそこがキュンとしてしまった。

「ここを舐めると気持ちがいいんだね。ミナミの恥ずかしいおつゆがいっぱい出てきたよ。ほんとに感じやすくて可愛いなあ、大好きだよ、ミナミ」

股の間から顔を上げて、アドエルは妖艶に笑う。口の周りはわたしの液で濡れて光っていた。無意識なのか、舌が出て舐めとっている。あの舌で、わたしのあそこを……そう思うとさらに恥ずかしさが増してきて、余計に下腹部が疼いてきてしまう。

「そうやって、恥ずかしがりながら感じちゃうところが最高にそそるんだけど。わかってやってるの？　ミナミはいやらしい身体をしていて可愛いよ。そんなに気持ち良さそうな顔をするからいつまでも舐めていたくなる。ミナミをわたしの中に取り込んで、ミナミの中をわたしでいっぱいにしてしまいたい。ずっと身体中がくっついたままでいたいよ」

うわ、エロい！

その顔でそんなエロいことを言われたら、こっちがどろどろに溶けてスライムになってしまいそう。

「ああもう、お風呂はあとだ」

やめてえ、自分の服を脱ぐのはやめてえ、もうとっくに体力は限界なのよ！

「ん、ふ、んんっ、ん」

「ミナミのキスは甘くて、いつまでも口の中を犯していたくなるよ。舐めれば舐めるほど甘くなるって、どうなっているの？」

わたしは延々とアドエルとキスをしていた。彼が離してくれないのだ。彼のキスはあくまでも優しい。舌を優しく絡め、唇で挟み込んで吸い、歯列を舌の先でつるんとなぞり、口腔内の感じやすい粘膜を舌の先でくすぐる。舌の裏側のわたしの知らない感じちゃうところから口蓋まで、こちょこちょした刺激がずうっと続くのだ。

キスってこんなにいやらしく感じてしまうものだったなんて。

刺激が強くない分、わたしの中の熱をじわじわと煽り、それが秘所に伝わってきゅうきゅうと締まってしまう。下腹部が切なくて泣きそうになる。

その中には今、アドエルのモノがすっぽり納まっているのだ。

キスをしながら、彼はゆっくりゆっくり腰を動かし、熱くて大きいそれをわたしの中から出し入れする。太くなったカリの部分がその度にわたしのいいところにひっかかり、こすりあげる。腰がビクンと揺れてしまい、無意識に彼のモノを締め上げて、余計に気持ち良くなってしまう。

そうかと思うと、彼はわたしの一番奥まで貫いて突き当たったところをぐいぐい押して刺激し、ふたりの肌の合わさったところをこすり合わせる。腰をゆっくり、ゆっくりと回して、わたしから出てしまったぬるぬるした液体をくちゅくちゅいわせる。

「気持ちいい？」

淫靡《いんび》な笑顔で、スライム王子は言う。

「言ってごらん。ミナミはわたしに犯されて、気持ちよくなっちゃったの？」

「ん……いい、あんっ、きもちいっ」

今回は触手を出さないかわりに、アドエルの大きな手が両の乳房を掴み、こねあげ、赤く腫れてコリッとした乳首をくにくにと弄くる。わたしのDカップの胸は彼の指の間から柔らかくはみだし、揉《も》まれる度に形を変える。長い両の人指し指で乳首の周りをくるくると何周も弄られると、子宮まで快感が伝わってきて、またアドエルを締め上げてしまう。

「わたしのモノにすがりついて、ミナミは可愛いね。ミナミのおっぱいは白くて柔らかくて、とても気持ちがいいね。こんなに可愛くてふわふわな女の子は他にいないよ。もしも他の男に触らせたりしたら絶対に許さないからね、憶えておいて」

「わ、わかった。触らせない」

『他の男』と言ったあたりで、急に彼から冷気が噴き出したような気がして、わたしは慌てて誓った。

アドエルがサイテー男の元彼の存在を知ったら、彼はひねり殺されてしまうのではないだろうか。首を触手でひとひねりよ、きっと。

縊死って穴という穴から全部中身が出ちゃうっていうから、見たくないなあ。

旦那さまが殺人者っていうのもいやだし。

将来子どもが生まれた場合、お父さんは人を殺したことがあるのよ、なんてことは言いたくないじゃない。そんなの教育上よくないし。

あれ？

旦那さま？

アドエルが？

わたしは違った意味でキュンとなってしまう。

「……ミナミ、何を考えているの？　他の男のこと？」

こわっ、と思ったけど、うっかり考えていたことがこぼれてしまう。

「首を絞めて殺すのは美しくないと思ったの」

「なるほどね。それじゃあ、悪い男がいたら、わたしが丸呑みして全部キレイに溶かしちゃうから大丈夫だよ。それなら散らからないしね」

いい笑顔で、物騒なことを言われた。

スライムこわっ！


「あん、もう、許してアドエル」

イキそうでイけない快楽地獄を延々と続けられ、とうとうわたしは泣きを入れた。身体は鉛のように重いのに、快感だけは後から後から湧き出てくる。

「イきたいの、ミナミ」

「………」

「じゃあ、イかせてあげない。お風呂に入ろうね」

「え？」

なんとアドエルは合体したままわたしを起こして抱っこした。

「あふうんっ！」

わたしの中に肉棒が深く突き刺さり、変な声が出てしまう。これを何度か繰り返したら、イってしまいそう。

でも、彼はイかせてくれない。

抱っこのまま立ち上がる。さらに深く貫かれ、わたしはのけぞって鳴いた。

「ああん！」

アドエルの背中に必死でしがみつく。

「ミナミがぎゅうっとしてくれて可愛い！　もう、煽るのをやめてくれないとわたしは止まらないよ」

アドエルもわたしをぎゅうっと抱きしめてくれた。

身体が密着して気持ちいい。

そのまま歩いて浴室に連れて行ってくれる。歩くたびに中をぐいぐい押されて、また気持ちよくなってしまう。つなぎ目からはヌルついた液体がこぼれてきて、それがアドエルの身体に付いていると思うと恥ずかしい。

繋がったまま頭を洗われ、身体を洗われた。頭は純粋に気持ち良かったので、お返しにわたしもアドエルを洗ってあげる。長い髪を洗うのは大変で、彼は笑いながら自分も一緒に洗ってくれた。

身体を洗うのは別の意味で大変だった。

アドエルはわたしを大きな鏡の前に連れていき、結合したあそこを見せながら、わたしの身体に触手でホイップしてクリームのようになった石鹸の泡を塗りたくった。

もちろん素手でだ！

「恥ずかしいからやめてよ」

「ほら、よーく洗ってあげるから見てなさい。あ、そんなに身体を動かすから、繋がったところがグチュグチュいっちゃうじゃないか。見てごらん、わたしのがミナミに深く刺さっているよ。ほら、ここがミナミの大好きなお豆だね、真っ赤になって可愛いね。弄られるところをよく見てごらん」

「あっ、あっ、だめ、イっちゃう」

石鹸でつるんつるんと滑らせながら、感じやすい肉芽をこねられ、たまらずに鳴き声を漏らしてしまう。

「ふふっ、イかせない」

「もう、イジワルしないで！」

「気持ちよくなりたかったら、自分で動いてごらん。わたしはここに座っているから好きにして」

「あん、無理」

姿勢が変わる不意の刺激でわたしは何度も軽く達していて、動くことができない。わたしの秘所はピクピクと痙攣して、愛液を流し続ける。

「アドエル、なんか、もう……」

「ミナミ？　どうしたの？」

「も……」

もう限界だった。お風呂に入ったことで疲れが押し寄せてきたわたしはそのまま気を失ってしまい、その後はなにをされたのかまったく記憶がなかった……。

6 作戦会議

次にわたしが目を覚ました時は、翌日の朝だった。この魔界にも、地球と同じように昼と夜とがあるようで、窓から差し込む朝日の眩《まぶ》しさで目が覚めたのだ。

つまり、わたしがアパートの部屋から魔界にトリップしたのが午後で、それから1回食事をして夜を明かしたことになる。

日本とここことは時間の流れが違うとアドエルに言われたけれど、夕食を食べてお風呂に入り、きちんと睡眠をとったからなのか、時差ボケのような症状は出ていない。

しかしながら。

「ん……」

ぐっすり眠って疲れが取れたはずなのに、身体が、特に下腹部が妙に重くて力が入らない。

目を開けると、そこにあるのは秀麗な寝顔であった。滑らかに白い肌の卵型の顔と通った鼻筋と、長い睫毛《まつげ》。ほんのりと色づいた唇は微《かす》かにほころび、花のつぼみのように愛らしい。そして、それを取り巻くのは、絹糸のように艶のある、ゴージャスに輝く長いプラチナブロンド。

ほら、リアル『眠れる森の美女』がここにいますよ。

性別は男ですがね！

スライムめ、けしからん生き物だな！

で、その美女もどきと向かい合ってベッドに横になっていたわたしは、アドエルの綺麗な筋肉のついた男らしい腕で、しっかりと抱き込まれていた。

しかも。

しかも、である。

「えっ⁉　嘘でしょ、入ってる⁉」

なんと、ふたりの下半身が結合したままだ！

しかも、わたしの身体中には、赤い花びらのような跡が散っている。

腕から、胸から、お腹まであるから、おそらく見えないところまで節操なくぶち模様になっていると思われるね！

「いやあっ、もう、この変態！」

なんてことをっ！

わたしが爽やかに目覚められないわけが、よくわかったぞ、このエロスライムめ！

「……うーん、ミナミ……愛してる……可愛い……大好き……」

寝ぼけたアドエルは、そのままゆるゆると腰を動かし始める。

「やっ、動いちゃダメ！　アドエル、アドエル！　起きて！」

こんな変態的な朝を迎えたのはもちろん初めてだった。しかし、はまったまましっとりと馴染んだそこは、なんの支障もなく彼の抽送にあわせて液体を分泌しはじめ、わたしに快感を与えてくる。

「や、ん、あん」

はっ、流されてはダメだ。このままじゃ、朝からベッドの住人になってしまう。

愛していればなにをしてもいいと思ったら、大間違いだからね！

「おはよう、ミナミ。昨日は可愛かったね」

目を開け、腰を動かすスピードを変えずに、にこやかに言うスライム王子である。美しい見た目に騙《だま》されてはならない、凶悪なほどの変態エロ王子である。

わたしは彼にびしりと言ってやりたかった。

しかし……。

「あっ、あん、朝の挨拶、は、腰を止めてからしなさいっ、て、やあん」

全然びしりと言えないよーっ！

「可愛すぎて無理だからね、諦めて。あ、んんっ、気持ちいい。そんなに締め付けたりして、感じているね。ミナミは意識がなくても気持ちよくなっちゃうところがすごくいいね」

朝日の中だというのに色気たっぷりな美形王子が、わたしの髪を撫でながら耳に甘く囁いた。腰のスピードを上げながら。

スライムの身体能力の高さはわかったから！

本気でやめて！

「やあっ、変態、変なこと、言わないで、ああん、昨日は、なにを、したの、ああっ、も、やあっ」

「ふふっ、内緒。一回イくよ」

彼はわたしを抱く腕を緩めると、繋《つな》がったまま起き上がった。

「やだ、こんな朝から、ああああーっ」

アドエルはわたしの上に覆い被さると、今度は激しく腰を動かし始めた。肉と肉のぶつかる卑猥な音が、清々しい朝日の中に響き渡る。

「生まれてから最高の朝だよっ」

「ばかあっ、アドエルのばかあっ」

「くうっ、涙目で『アドエルのばか』だなんて、ミナミはわたしを萌え殺す気ですか！」

彼の瞳が妖しく輝き、さらに腰の動きが激しくなる。

「ふあああん！　やっ、やあっ」

彼の楔《くさび》が深く被さっているため、アドエルの下腹部がわたしの肉豆をもつぶし、こすって、強い快感を引き出されたわたしはすぐに高みに上ってしまう。

「ひうっ、いい、きもち、いっ」

「腰がうねってるよ。そんなに気持ちいいの？」

「あん、いい、きもちいっ、もうイく、イっちゃう、ああっ」

「イっていいよ、ミナミ、可愛い、締まって気持ちいい」

「アッ、アドエル、アドエルーッ、イくーっ！」

「くふっ、可愛っ、イッて、ミナミ、ああ、すごくいいっ！」

……朝から一緒に果ててしまいました。無念！

そんなわけで、朝だというのにもう完全に動けない状態のわたしは、またしてもアドエルのお膝抱っこ&お口あーんで朝食を取ることになってしまった。彼は、昨日の夕食を自分以外の誰かがこの部屋に持ってきたことが気に入らなかったらしく、今朝はわざわざ廊下に出て受け取ったらしい。

とにかく彼は、わたしを囲いこもうと必死なのだ。

わたしは檻の中のペットになる気はさらさらないので、早くナンシーさんに来てもらいたいなー、タニアさんとお話したいなあーと待ちわびていた。

しかし、アドエルがここにいたら彼女たちはなにもできない。

彼は第一王子であるからして、下手に立場が高いもんで、厄介なのだ。最悪の場合は、彼の父親であるスライム国王に頼むしかないのかな。でも、純粋なスライムが、アドエルよりも常識的であるとは思えないのだ……。

「ねえアドエル、ちゃんとお仕事してる？」

ぽつぽつと話した内容からすると（どうしても、身体の会話になっちゃうからね！）彼は国王の補佐を次期国王としてやってるらしいんだけど、わたしと一緒にこんなに部屋にいて大丈夫なんだろうか？

心配になったわたしは、アドエルの口にフルーツをあーんしながら聞いてみた。

ええ、彼の朝食はわたしが食べさせていますとも！　勇者でしょ!?

「昨日は伴侶を迎えるために休みをもらったから、大丈夫。今日も伴侶を可愛がるために……」

「わたし、仕事のできる男性って頼もしくて好きよ。今度お仕事をしているところを見せてね？」

わざとらしく首を傾げておねだりすると、効果は抜群だった。

「そ、そうなんだ！　もちろんわたしは、仕事のできる男だよ！　ミナミはしっかりした考えを持っていて偉いね。いいよ、わたしと一緒に執務室においで。仕事をする姿を、思う存分眺めていていいよ」

「じゃあ、明日行ってもいいかな？　あー楽しみだなあ。でも今日は、疲れを取りたいからひとりで休んでるね」

「えっ？」

「わたしのせいで、アドエルが自分の仕事を蔑《ないがし》ろにしているなんて他の人に思われたら、わたし、困っちゃうな……」

「そんな！　わたしはミナミの評判を悪くするような真似はしないよ！」

「そうよね。じゃあ、お仕事がんばってね」

「いや、でも、ミナミをひとりにしておくのは心配だよ、今日はわたしも休みを……」

「この部屋にいて大人しくしているから大丈夫だよ。あ、そうだ、侍女をつけてくれると助かるな！　女子だから、いろいろ欲しいものもあるし。しばらくお世話になるなら、相談相手になったり、魔界のことを聞いたりできるわたし専用の人をつけて欲しいな」

「……それもそうだね。じゃあ、誰か信用できそうな者を探してみようかな」

「ありがとう。お仕事がんばってね」

すかさず、サービスでちゅっ。

話がうまく進んで油断した。

「お昼は一緒に食べようね。ご飯は全部わたしが食べさせてあげる。ああ、半日ミナミに会えないなんて耐えられないから、今ちょっと食べさせて」

「んんっ、んーっ!!」

朝にはふさわしくない濃厚なキスだ。彼はわたしの口腔内をいいように蹂躙《じゅうりん》し、唾液をむさぼる。

ぐったりしたわたしの耳を唇ではみながら、アドエルはぴちょりと耳の穴を舐めた。

「いい子にしててね。がんばって午前中に終わらせるから。そうしたら、またたくさん愛し合おう、可愛がって気持ちよくしてわたしがいないと生きていけないようにしてあげる。いい？」

色気たっぷりのかすれ声で囁かれ、わたしは思わず頷いてしまった。

うわー、午後の責めは確定ですか。

嫌な予感がでいっぱいなのに、なぜか期待みたいなものも感じてドキドキしてしまい、わたしの身体はキュンとして熱くなってしまった。

わたし、もしかしてアドエルに惚《ほ》れちゃって……る？

わあ！

わあああああ！

「ナンシーさん、お待ちしていました！」

「はいお待たせしました！　ミナミ、あの男を上手くさばいたわね」

グッジョブ！　と親指を立てながら、アドエルが出かけて30分もしないうちにナンシーさんがやってきた。彼は仕事が早いようだ。そして、彼の素早い侍女の手配に、ナンシーさんが上手く乗っかってくれた。

「あと、わたしのことは呼び捨てでいいからね。わたしもミナミのことをそうしてるし。ホントは敬語を使わなきゃなんない立場なんだけどさ、この通り庶民育ちなもんだから、プライベートでは見逃して」

「うん、わかった。わたしも庶民だから、そのほうが堅苦しくなくて助かるよ」

「了解。とりあえず、普段着を持ってきたからまずは着替えて、お茶でも飲みながら作戦会議をしましょう。アドエル様ったら、寝衣しか用意しないとか、信じられないわ。ミナミを可愛くして、寝衣以外のものを着せたくなるようにしなくちゃね。そうよ、服なんていらないなんてアホなことを言い出さないようにしないと……まったく、スライムってやつは！」

そ、それは必要ですね、ブルブル！

「ねえナンシー、お昼にはアドエルが戻ってくるらしいの。そこは説得できなくて」

「本当にあの兄弟ときたら、たちが悪いんだから……じゃあ時間がないわね。アドエル様はミナミを抱き潰して、何もできないようにしたいのかな。着替える前にこれを飲んでくれる？　回復ポーションっていう薬よ。これでかなり体力が戻るはずだからね」

栄養ドリンクに似たそれを飲むと、あーら不思議、しゃんと立てるではありませんか！

「すごい効き目だね！」

「結構いいお値段の薬だけあって、効果は抜群なの。大丈夫、わたしたちスライム王家のオンナは必要経費で落ちるから……」

ナンシーは遠い目をしていった。

「必要経費なんだね……」

わたしも、遠い目をした。

うん、みんな大変な思いをしているんだね。

「この前は冗談半分に聞こえたかもしれないけど、わたしたちは本気であなたが王妃になってくれたら良いなって思っているのよ。だから、その目でこの国や世界や、いろんなものを見て確かめて欲しいんだ。スライム三兄弟はみんなタチが悪いんだけど、なかでも長男のアドエル様は初恋こじらせちゃってる状態で、手がつけられないのよ。あの人をなんとかできるのは、ミナミ、あなたしかいないの」

「は、初恋？」

「そう。『初恋』で『一目惚れ』で『運命の女性』なのよ、ミナミは」

「三連コンボ！」

「アドエル様の愛はかなり重いわよ。しかも、あの長男は特に魔力が強いから、精神が乱れてコントロールが不能な状態になると、この城くらいは軽く吹っ飛ぶからね。ま、普段は精神力は強いからいいんだけど、恋に落ちた今は……あら、このドレス、ミナミによく似合うじゃない！　すごく可愛いわよ」

ナンシーは話をしながら、ラベンダーカラーのドレスを着せてくれた。艶のある生地に銀糸で刺繍がされ、真珠がちりばめられたものだ。手が込んでいてとても普段着に見えない。

王家の財力をひしひしと感じ、『世界が違う』と思った。

勢いで突き進んでいって、果たして大丈夫なのだろうか？

ドレスを着て無言になるわたしに、ナンシーが言った。

「あのね、正直、大変だと思う。アドエル様の周りには王妃の座を利用したい魑魅魍魎《ちみもうりょう》がうようよしているし、彼に迫る女性も強い魔物が多いわ。あんなお嫁さん候補しかいないなんて彼のことは気の毒な人だと思ってたんだ。それに、義理の兄になる予定だから、幸せになって欲しいとも思う。だけどね。ミナミが犠牲になる必要はないわ！」

ナンシーは、髪を結い上げながら鏡の中のわたしを覗きこんだ。

「ただ、ミナミがアドエル様のことが好きで、がんばってみようと思うなら、わたしとタニアは全面的にバックアップさせてもらうわよ。わたしたちはこの王宮も魔界のことも、裏も表もかなり把握してるわ。この国で王家に入って暮らしていくにはそうせざるを得なかったんだけどね、わたしたちはふたりとも、やる時には全力でやるタイプだし。だから、はっきり言って、王子たちに任せるより勝算は高いと思う」

ものすごいブレーンを手に入れた気がする……。

「まあ、あとはミナミの気持ちの問題ね。焦《あせ》らなくていいから、悔いのない結論を出してね」

「ナンシー……。ありがとう」

「女同士、助け合っていこうね」

黒髪をアップに結い上げて真珠を飾って、わたしの支度は出来上がった。ナンシーがふわっと後ろから抱き締めてくれた。

これは女の子の戦装束《いくさしょうぞく》なんだね。

うん、応援してくれるあなたたちのためにも、後悔しないようにがんばるよ！


「お待たせミナミ！　約束通り仕事を全部終わらせてきたから、今日はこれからずっと一緒に……あ……」

部屋に飛び込んでくるなり、キラキラの笑顔でまくし立てたアドエルは、言葉の途中で止まって首をかしげ、そのまま立ちつくした。ベッドに入ったたままぐったりしているはずのわたしが、ドレスに着替えて彼を出迎えたからだろう。

「お帰りなさい、アドエル。お疲れさまでした。お食事の支度は向こうのテーブルにできているよ。お仕事がんばったから、お腹がすいたでしょう？　お昼ご飯もすごく美味しそうだから、一緒に食べよう……どうしたの？　わたしの格好、そんなに変かな？　やっぱり……似合ってない？」

首を傾げて口を開けたままのアドエルは、わたしが話しかけても反応がないので、だんだんと不安になってくる。

やっぱり、日本人の並顔のわたしがドレスを着ると、似合わないのかな。一応、ナンシーは似合ってるっていってくれたし、彼女が軽くお化粧もしてくれたので、いつもよりかは目鼻立ちがくっきりして5割増しくらい綺麗になっていると思ったんだけどなあ。やっぱり、魔界の美人さんにはかなわないってことなのかな。残念だな……あは、少しは褒めてもらえるって期待してたのにね。

わたしの身長も、日本では真ん中より高いほうでも160cmくらいだから、存在がドレスに負けちゃってるのかもしれない。うーむ、アドエルにアピールしたかったら、次回は振り袖でも着るしかないかな！

……なんてね。わたしったら浮かれて調子に乗っちゃってて、恥ずかしいな……。

がっかりして黙っていると、ようやくアドエルが動いた。

「……あ……いや、ごめん。全然変じゃない、そうじゃないんだよ」

アドエルが、少し照れたように笑って言った。

「あのね、その姿はよく似合っているよ。清楚《せいそ》で、可憐《かれん》で、なんていうか……ミナミがあまりにもわたしの好みそのものなんでね、心底驚いてしまったんだ……いつものミナミも可愛くってたまらないけど、今のミナミもとても魅力的だ。ああ、魂の伴侶だからなのか？　こんなにも素敵なミナミを目の当たりにしたら、いくらスライムでも動揺して心臓がドキドキしてしまうよ！　ミナミ、なんて美しい、わたしの女神……」

「いや、そこまではさすがに……」

いきなり女神に昇格だわ。さすがにびっくりだわ。

う、嬉しいけど！

こんな美形男性にうっとりしたような顔で褒められると、かなり恥ずかしい。

それにしても、惜しみないこの褒めっぷりとは、この人、絶対に何かのフィルターがかかっているると思う。言うならば『魂の伴侶』フィルター、かな？

「わ、アドエル！　どうして!?」

おまけに、いつものアドエルの行動からすると、ぎゅーっと抱きしめてくるものとばかり思っていたら、なんと彼はわたしの前にひざまずいてしまったのだ。そしてわたしの右手を取ると、甲に口付ける。

緑の真摯《しんし》な瞳が下からわたしを見上げた。

なんというお姫様扱い！

こっちの心臓はドキドキどころかバクバクよ！

清楚に見えるのは、このドレスのシンプルなデザインのせいかもしれない。胸元の露出は少ないけど、とてもキレイなカットがされていて、胸をすっきりと品よく、でもボリュームがあるように見せている。スカートはAラインで、ごてごてしたところがないのでドレス初心者のわたしでも動きやすいのだ。そして、裾に入った銀糸の刺繍《ししゅう》とちりばめられたパールで、上品だけど華やかさも加えられている。

「……こんな綺麗な人を、わたしのお嫁さんに……もう、絶対になって欲しいよ！　全力でミナミを口説くからね、覚悟して？」

「は、ふぁい」

不覚にも動揺してしまったわ！

スライムなのに、かっこよく見えてしまったから……。

「さあ、それではわたしのお姫様、食事にしよう」

彼は立ち上がると、頬を熱くしたわたしの右手を自分の左腕にそっとかけ、テーブルにエスコートしてくれた。

そこまではよかったんだけど。


「なんで？　ねえ、なんでまた膝の上なの？　わたしはひとりでご飯が食べられます、下ろしてください」

「なんで？　逆にわたしが聞きたいよ。なんでそんな冷たいことを言うの？　ミナミと一緒に食事をするのを楽しみに仕事をがんばってきたのに。父上に化け物を見るような目で見られて、怯《おび》えられながら仕事を全部全部済ませてきたのに、この仕打ち？」

「お、怯えられながら!?」

どれだけすごい勢いで仕事をしてきたの？

純粋なスライムに、化け物を見る目で見られるって、どれだけ？

「そうだ、あとで、父上と母上にも正式に紹介するね。本当は、わたし以外の者にはミナミを見せたくないんだけれどね……」

「いやいやいや、ぜひとも紹介してください！」

親にも見せないだなんて、それは監禁路線に突っ走りそうだからやめて欲しい。

「ねえ、お仕事をがんばったのは偉いと思うけど、だからといってわたしが抱っこされる必要性が感じられないよ」

「必要性……わたしがしたいからではダメなの？　ならば……わかった、それならひとりで食べられなくなるようにしよう」

「ひゃんっ」

わたしの右耳がアドエルにカプリとかまれて、変な声がでてしまった。

まずいわ、これはいつもの襲われるパターン？　しかも、ご飯抜き？

「わかった、わかったからアドエル！」

「いい子であーんする？」

「するから！　もう、このベタ甘スライム！」

わたしはアドエルの頬っぺたを摑んで、遠慮なく引っ張った。スライムだけあってよく伸びたので、思わずぷっと噴き出すと、彼も笑った。

「ごめんね、ベタ甘スライムで」

「まったくだわ」

わたしがくすくす笑っていると、アドエルは優しい目をしてわたしを見た。そして、そのままわたしの耳もとに唇を寄せ、魅力的な声で囁いた。

「……ありがとうミナミ。しばらくここにいると言ってくれて。わたしの世界の服を着てくれて。お帰りなさいとわたしを迎えてくれて。とても嬉しいよ」

「アドエル……」

彼は、わたしのおでこに自分のおでこをコツンと当てた。

「わたしは、自分の伴侶が欲しいという自己中心的な願いで魔法をつかい、あなたを無理やりにこの世界に呼び寄せてしまった。運命の相手だというのは本当だけど、あなたの都合も気持ちもまるで無視してここに閉じ込めようとした。それなのに、あなたは自分で考えて、この世界を、こんなにも自分勝手なわたしのことを理解しようとしてくれる。そして、わたしに無邪気な笑顔を向けてくれる」

彼はそう言いながら、わたしの頬を手のひらで撫でた。

「あなたはわたしを憎まないでいてくれる。種族の違うわたしに寄り添おうとしてくれる。そんなミナミのことを思うと、わたしの胸は苦しくなってしまうんだ。……ミナミ、わたしは、あなたを、愛している」

「あ、アドエル、あ、……愛？」

突然の告白に、わたしは何も言えずにおろおろしてしまう。だって、アドエルのことは好きだけど、知り合ったばかりだし、そんなに深い気持ちじゃないと思うし、彼の気持ちにどう応えたらいいのかわからなくなる。そんなわたしに、彼は優しく笑いかけた。

「そのままでいいんだよ、ミナミは。何も困らなくていい。愛を押し付けるつもりはないんだよ。

ただ、わたしは生まれて初めてこんな素晴らしい感情を手に入れられて、ミナミに感謝したいんだ。そして、やっぱりミナミの心を手に入れたいから、そのために努力をさせてもらうよ」

そしてアドエルはわたしの唇に軽いキスをくれた。

「わたしはミナミの気持ちを大切したいからね。もちろん選択権はミナミにある。でも、わたしを選んでもらいたいと思ってるから、諦めないで努力するよ」

彼は「プロポーズはあなたの心の準備ができたらさせてもらうよ」って言うけれど。

それって予約ですか？

ものすごいプレッシャーを感じるんですけど！


結局わたしは、またしてもアドエルの膝の上であーんしてもらって食事をしてしまった。

だって、あんなことを突然言われたら、とてもじゃないけど食事に意識が行かないよ。

半ば茫然自失《ぼうぜんじしつ》しているわたしに、彼は嬉しそうな顔をして一口ずつ食事をさせる。そのうちフォークをろくに使わなくなり、わたしの口に食べ物ごと指をつっこみだした。

「ほらミナミ、ちゃんとソースを舐めとって。そうだよ、舌を使って、ああ上手だいい子だね」

なんかもう、エロいんですけど。

わたしはもう反抗する気力もなく、されるがままになっている。

「可愛いミナミ。大好き。愛してる。わたしの膝にミナミが乗っているというこの喜びが、あなたにはわかるかな……」

美しいスライムの王子さまは、想いを込めた瞳でわたしを見つめ、愛おしげに笑った。

食事が終わったかと思うと、アドエルが天使の顔でおねだりを始めた。わたしの首筋をつつっと指でなぞる。思わずびくっと身体を動かしてしまう。

「ね、少しだけ、いい？　どうしてもミナミのが欲しい。お願い、少しだけ」

今度は唇が伝う。舌をほんの少し覗かせたアドエルのピンクの唇がわたしの喉にねっとりと伝い、ちゅくっと吸い付く。薔薇の香りに似た彼の香りが強くなって、わたしの胸の鼓動が早くなる。

吸血鬼に魅了されるということは、こういうことなのだろうか。気持ちも身体もアドエルに持っていかれそう。

「あん……」

「ね、少しだけ吸わせて、いい？」

「ん……」

「ありがとう」

わたしがぞくぞくと身体を震わせて頷くと、アドエルはとがった牙をわたしの首に突き立てた。

つぷり、と音がして、それがわたしの中に沈んで行く。

「あああああっ！」

それは敏感なところを犯されるのに似て、痛みとは言えない疼きと、身体を貫くような強い快感が湧き起こる。

「あ、あん、アドエル、あああああーっ！」

せめて恥ずかしい声をあげないようにと思い噛み殺そうとしているのに、耐えることができず、結局は絶頂に達しながら恥ずかしいよがり声を上げてしまうのだ。

「……ああ、なんて甘くて芳《かぐわ》しい香りなんだろうね。ミナミには香水なんていらない。身体の奥からいい匂いがしているから。……やっぱりだめだ、他の男にこの香りを嗅がせるわけにはいかないよ。薔薇の香水をつけて匂いを消さなければ」

ぴちゃり、ぴちゃりと名残惜しげに血を舐めながら、彼がつぶやいた。わたしのラベンダーのドレスはいつの間にか脱がされかけて、両の乳房が彼の前にさらされていた。その頂にも、ちゅ、と口付ける。

「綺麗だよ、ミナミ。身体のすべてが綺麗だ」

「あ、もうやめて、あん」

「やめて欲しいの？　本当に？」

こりっと硬くなったそれを飴玉のように口の中で転がしていたアドエルは、乳首を口に含んだまま言った。振動が伝わって、また感じてきてしまう。

「そこで喋っちゃだめぇ」

無垢な天使のように笑ったスライム王子は、乳首を強く吸いあげてから唇を離した。そして、今度は淫靡《いんび》な悪魔の笑みを浮かべた。

「じゃあ、どこでなら喋っていいの？　そうだ、違うところを触ってあげようね」

「待って、アドエル」

「少しだけだよ、大丈夫、少しだけ。ね？」

椅子の上でわたしにいたずらをしていた彼は、わたしを抱き上げ、ベッドへと運んだ。

すべての女子に言っておく。

男の『少しだけ』を信用してはいかん！


「ねえミナミ、わたしはスライムの血を引いているからか、穴に潜り込むのが好きなんだ。ミナミの穴全部に入って行きたくて仕方ない」

アドエルはなにやら恐ろしげな内容を綺麗な顔でさらっと囁き、白くて長い指を丹念に舐めると、それをわたしの下半身に近づける。

「！　そ、そこはダメっ」

「ふふっ、可愛い穴」

なんと彼はわたしのお尻の穴をいたずらし始めたのだ！

初めての彼氏としか、しかもわずかな経験しかないわたしは、ごくごく普通のえっちしか知らない。だから、そんな恥ずかしいところは誰にも触らせたことなどない。なのに、アドエルは穴の出口の敏感なところに唾液をなすりつけ、その細く美しい指先で弄る。

「ダメなの、ねえ、やめて。ね、人間は普通そんなところは触らないんだよ、ねえってば」

しかし、穴が大好きなスライム王子は、わたしが真っ赤になって恥じらっていても気にしない。

むしろ、非常に嬉しそうである。

「や、やめて、あんっ」

わたしの口からは、思いがけない甘い声が漏れてしまった。

やだやだ、わたしは変態じゃないのに！

「ミナミの穴はこんなに素直で可愛いのに？　触っちゃダメなの？　ほら、ヒクヒクしているよ。わたしの指を入れようとすると、あわてて押し出すところがまた可愛らしいな。ほら、いい子いい子、指を飲み込んでごらん……そら、どう？　……ああ、感じてきちゃったね」

「違う、いや、あっ」

濡れた指でくるくると穴の周りを弄られると、なんとも言えない感覚が湧いてくる。イヤなのに、くすぐったいような、切ないような……ああでもやっぱりそこは恥ずかしいの！

「アドエル、汚いからやめて、そこからは汚いものが出てくるところなの、だから見ないで……ああん！」

「全然汚くないよ。ミナミは全部がキレイだから、大丈夫。いい子だから、気持ちよくお尻の穴を弄られなさい」

「いやあん、だめぇ」

「スライム的にはまったく問題がないから。ね？」

言いながら、手早くドレスを脱がせていく。

「人間的には問題なのっ、やあん！」

　アドエルは手早くわたしの腰の下に枕を入れ、恥ずかしい部分がよく見えるようにしてしまった。ドレスも下着もいつの間にか取り去られていて、気がついたらすっぽんぽんだ。

「可愛い穴……わたしに見られただけでひくひくしちゃってる」

「やだ、お尻の穴見ちゃやだ、やめて、見ないで」

「うーん、指を入れたいなあ。そうだ、少し力が抜ける薬を入れよう」

　彼は触手を、一本出した。先がかなり細くなっている。

　まさか、それをわたしの中に!?

「待って、やめて、そんなものを入れないで、本当にちょっと待って！」

「あれ、でもここは入れて欲しくてヒクヒクしてるよ。ほら、お注射するよー、お尻の力を抜いて、大丈夫、すごく細いからね、全然痛くないよー」

「いやあああああ、アドエルの変態！　えっち！」

「うわ……罵《ののし》られるとたぎっちゃう……」

　逆効果だったああああああーッ！

　アドエルは、わたしのお尻の肉を両手で摑むとそこを大きく割り広げ、なんと舌で穴をひと舐めし、ぬるぬるした触手を少しずつ挿入した。

「やめ、や、や、あっ、あーっ」

　異物が押し入れられているというのに、わたしはぞくぞくする変な快感にとらわれて、あられもない声をあげてしまった。はあはあと荒く呼吸するわたしに、アドエルはいたずらっぽく言った。

「お尻にお注射入ったね。ねえ、こんな細いのでも感じちゃうの？」

「やあっ、早く抜いてっ」

「ダメ」

アドエルは、お尻に刺さった触手をいやらしくもぞもぞと動かした。

「あーっ、あーっ」

「気持ちいいんだね、ミナミの中からこんなにおつゆをこぼしてるよ。じゃあ、もっともっと気持ちよくするお薬を入れるよ」

「やめて、もうやめて、変なものを入れないで！」

「変じゃないよ、スライムのちゃんとしたお薬です」

スライム自体がちゃんとしてない生き物じゃないのーっ！

「あああん、なにか入ってくるぅ、いやあ、ダメ、あっ、熱いっ」

触手から、何か生温かいものが出てきた。そして、お尻の穴が熱くなってきた。

間違いなくヤバい薬だーっ！

「いやなの？　お尻をもじもじ振るミナミったら、可愛いな。じゃあ、少しだけ抜いてあげるね」

「はあん、あん」

細い触手が抜かれる感覚で、わたしは思わず声が漏れる。お尻の穴にまだ何かはさまっている、と思ったら、抜かれかかった触手がもぞもぞと動き、また中に潜り込む。

「ひゃあああああん！」

その刺激でわたしは腰を動かし声をあげてしまった。

「や、もう、抜いてよう」

「今抜いたじゃない。気持ちよかった？　じゃあ、もう一度抜くよ。今度は少し太くしてみようね」

にゅるにゅると触手がお尻から出て行き、まるでアレを出しているような感覚がする。出口のところが敏感になっていて、そこを触手にぬるりぬるりとこすられると、身体が震えて全身に鳥肌が立ってしまう。

「や、いや……見ないで……」

そして、そんなはしたないことをされているというのに、身体が快感を感じてしまっているという恥ずかしい姿をアドエルにすべて見られていると思うと、羞恥《しゅうち》と同時に快感を感じてしまう。

まさか、わたしも変態だったの？

抜けきるかと思った触手は、再びもぞもぞと中に戻っていく。

「ああああーっ！」

止めようとしても、お尻の穴はだらしなく力が抜けて、絞めることができない。

「やあ、なんで？」

感じすぎて涙が出てきた。

「どうやらわたしの入れたお薬が効いてきたみたいだね。緩くなってきたよ。可愛いピンク色をしたお口が少し大きくなったね。……指も入れてみようね」

触手が入っている脇から、アドエルは中指を差し込んできた。すっかり脱力してしまったわたしのお尻にずぷずぷと入り込んでくる。

「いやあ、やめて、そこは汚いからほんとにいやなのっ！」

「……それは、この先にあるモノのせい？」

「いや！　言わないで！」

この部屋にはトイレがない。だから、わたしはこの世界に来てから大きい排泄をしていないのだ。

つまりアドエルが入れた指の先には……。そんな汚いものを綺麗なアドエルに触られたら、わたしは恥ずかしくて死んでしまうかもしれない。

「お願いだから、もうやめて……」

わたしは泣きべそをかきながら訴えたが。

「言ったよね。わたしにとってはミナミのものはみんな綺麗だって。かわいそうに、お腹が苦しかったでしょ」

アドエルはわたしの髪を優しく撫で、口付けて言った。

「いらないものは、わたしが出してあげようね。大丈夫、スライム的には問題がないから」

だからね、人間的には問題がありありなんですけど！

7 スライムという種族には問題が多すぎる

わたしはアドエル王子にかなり酷いことをされていると思う。

元の世界にいた時はわたしには彼氏がいたけれど、それは初めてできた彼だった。だからエッチしたのも初めてで、それもごく普通の、正直言って気持ちよさなど感じないうちに終わってしまう男性本意のものだった。彼とはそれから数回身体を重ねたけれど、まだ大学生でやっぱり経験も少ない彼にはテクニックもなく、大切な場所がろくに濡れず、ただ苦痛を訴えるだけのわたしを『不感症』だと断言して責任転嫁した。

なのに、アドエルときたら身体中をとにかく責め立て、血は吸うしおしっこも吸うし、見境なく穴にもぐりたがるし、にっこり笑いながらいやらしいことをいっぱいして、わたしが恥ずかしがりながらも快感にずぶずぶ沈んでいく様子を喜んで見ている。会ったその日にいきなり説明もなくえっちなことを始めた挙句、腰が立たなくなるまでするなんて、アドエルは鬼畜だと思う。

なのになぜ、彼のことが嫌いにならないんだろう。

正直、顔が綺麗で姿もよく、声とか腕とか手とかモロ好み！　っていうのもあるけどね。アドエルはいつもわたしのことを見てくれているのだ。目を覗き込み、声を聴き、全身が変わっていく様子とか、わたしがどんな反応を示しているのかをよく見てくれていて、何を感じているのかを悟ってくれる。そして、決して痛みや苦痛を与えないのだ。だから、初心者のわたしが上級者向けレベル（スライム的には常識、人間には非常識！）のテクニックで責め立てられても結局はものすごく気持ちよくなってしまうし、あとで恥ずかしさのあまり泣きながら抗議をしたって、彼に『可愛かった』と蕩ける笑顔で言われれば、それで気が済んで忘れてしまう。わたしがどんな反応をしてもすべて受け入れてくれる。そんな安心感があるから、恥ずかしい、みっともない姿をさらすことになっても『アドエルだけは大丈夫』と思ってしまう。

でも。

でもね！

そんなわたしでも、これに関しては強い抵抗があった。

だって、だって……あの姿を男の人に見られちゃうんだよ!?

「やめてアドエル、ひとりでできるから、離して！」

「だーめ。わたしがお世話するの」

「いらないから！　そういうお世話はいらないの！」

裸のまま抱かれてお風呂場に連れて行かれたわたしは、なんとか逃げようと身をよじった。けれど、彼の力にかなうわけがなく、逆にぎゅうっと抱きしめられてしまう。

「もう、ミナミったらじたばたしないの。悪いスライムに捕まっちゃったかわいそうなお姫様って感じで……萌える……けど……」

「触手を絡めながらハアハアしないでよ、変態！」

背中から伸びた触手を振り切ろうと、余計にじたばたしちゃうよ！

「ああもう、照れてるミナミは顔が真っ赤になって、本当に可愛いね。遠慮しなくていいんだよ、大丈夫、ちゃんとわたしがお腹の中を綺麗にしてあげるからね。大事なミナミを病気になんてさせないよ」

「それなら、ゆっくりひとりでさせてってば！　それに、今回はお風呂で我慢するけど早くトイレを作ってよ」

お腹の調子がだいぶ切迫してきたわたしは、顔を歪めながら言った。

「もう、アドエルは出て行って」

お風呂にそぐわない壺が置いてある。おそらく、あれを使えというのだろう。

「早く、もう、行って！」

この際、壺でもなんでもいいから、ひとりでさせてよ。

しかし、アドエルは真顔を作ってまことしやかに言う。

「そうはいかないよ。あのね、わたしは伴侶であるミナミの体液は大好物だし、もちろん固形物も摂取できるけど、ミナミに抵抗があるならしないと誓うよ。だから心配しないでわたしに身を委ねていいからね」

「それはよかった……じゃなくて、それじゃあ、なんのためにこんなことをするのよ。アドエルの目的はなに？」

「腸液！」

ふん、と鼻息荒く答えた。

「ぎゃあああ、変態！」

ちょ、腸液などととんでもないことを、男らしく言い切ったな、この変態スライムが！

「……も、あるけどね。あのね、自分の伴侶の健康管理をするのは大切なことだから。魔力のない世界から魔界にやってきたミナミに、どんな変調が起こるかわからないからね」

それ、絶対後付け理由だよね！

腸液優先だよね！

わたしはアドエルをにらんだ。しかし彼はどこ吹く風と、お風呂の床にふかふかのタオルを敷いて用意している。

「さあ、いい子だからこのタオルの上に四つんばいになってごらん。ほら見て、ちゃんと受け止める壺も用意してあるから。城の廊下に飾ってあったんだよ。ちょうどいいのを見つけてきたでしょ」

ドヤ顔で言ってますが……その磁器の白いつぼ、よく見ると凝った装飾がしてあって、オマル代わりにするにはめちゃめちゃ高そうなんですけど。

そして、人間は四つん這いでは出しませんからね！

「わかったから、その壺を置いて、出て行って！」

あ、まずい。わたしはきゅっと力を入れて、大事なところを締めながら言った。かなり追い詰められてきている。早くして欲しい。

「わがままを言わないの、ミナミはいい子でしょ？　……ね、いい子にしないと、触手でぐるぐる巻きにした上、身体を空中に浮かせて指でかき出すつもりだけど」

わたしは、触手で宙づりになってイケナイものをかき出されて泣いている自分を思い浮かべて真っ青になった。

「ばっ、ばかスライム！　変態！　そんなのとんでもないわ！」

「わたしは本気だよ？」

「いやあああーっ！」

わたしは迫り来る触手を叩き落とした。

ヤバい、お腹の奥のほうがすごくすごく痛いっ！

我慢しすぎたせいだ。

アドエルが、こてんと首をかしげて言った。

「ミナミ、立ったままここで垂れ流してもいいけどね。でも、その場合はわたしが全部、残さず、ミナミのうん……」

「ダメッ！　それはダメ！」

わたしは叫んで、アドエルの申し出を却下した。

「ダメばかり言われても困ってしまうなあ。それじゃあ、四つん這いになって、壺に出そうね」

「うう……」

選択肢が鬼畜すぎるよおおーっ！

追い詰められたわたしは、屈辱で涙目になりながら、犬のように四つんばいになった。さっき薬を入れられたせいで、おしりの穴は普段よりも緩んでいる。

「や、出るところを見ないで……」

無理だとわかっていても、半べそで訴える。そして、お腹が変に痛くて辛い。これはヤバいやつだ。アドエルはわたしの頭をいい子いい子した。

「痛くしないからね、怖がらないで。楽に出せるように、お腹の中にお湯とお薬を入れるだけだよ。これは治療だからね。わかった？」

「……うん」

あまりにもお腹が痛くて、背に腹はかえられない気持ちで頷く。

「いい子だね。すぐにお腹が痛いのを治してあげるからね。はい、それじゃあ口で息をして、力を抜いてごらん」

「ん……あ……ああ、ん」

言う通りに口で呼吸していると、お尻から粘液たっぷりの触手が入ってきた。

……ねえ、なんだか作業が妙に手馴れている感じがするんですけど？

「や、ダメ、そんなに動かしちゃ……あん！」

触手はくねくね動きながら、奥のほうまで進む。粘液をまとっているので痛くはないけれど、ぬるりぬるりといやらしく敏感なところをこするから感じてしまう。その刺激で、我慢ができず、わたしもお尻をくねくねと揺らしてしまった。

「あっ、あん、あんっ」

お尻で感じているところを見られているのが恥ずかしくて、わたしの目から涙がこぼれた。それを別の触手が舐めとっていく。

「大丈夫？　痛くない？」

「な、ない、痛くはないけど」

「じゃあお湯とお薬が入るよー、怖くないよー」

お腹の中に生温かい液体が注ぎ込まれ、膨れていく。同時に、便意がさらに強くなる。

「ああっ、もうやめて」

「あんまりたくさん入れて、痛みが強くなっちゃうといけないからね。これくらいで楽に出てくると思うんだけど」

だから、なんでそんなことを詳しく知っているの!?

スライムって、排泄をしない生き物なんだよね？

突っ込みをいれたいところだけど、わたしのお腹はそれどころじゃなかった。水分が少なくなって硬くなっていた固形物のせいで、さっきはお腹が変な感じに痛かった。それがお湯とスライム特製の便秘薬によって軟らかくなり動きやすくなったのだろう。今度は外に出ようとする力が強まっている。

ああ、もう、我慢できない！

「アドエルお願い、ひとりでさせて」

「それは無理。わたしには伴侶の健康状態を知る義務がある」

アドエルは壺を抱えて「さ、思い切り、いいよ！」といい笑顔でスタンバっている。豪華な壺を持つその姿を見すと、ギリシャの彫刻のように美しいポーズだけど、頭の中はお下劣なんだよね、残念！

「そんなの、観察しくてもわかるでしょ！　う、も、出ちゃう……」

わたしはきりきり迫り来る便意と必死に戦いながら、最後のあがきをした。薬で力が入りにくいお尻の穴を必死で締める。

「だって、ミナミはこういうのは初めてでしょう？　途中で気分が悪くなったりしたら大変だし……それに」

アドエルはにっこりと笑い、ねっとりした欲望が光る瞳でわたしを見た。

「ミナミが恥ずかしがりながら出すところを全部見たい」

「うわあああ、やっぱり！　アドエルのばか、変態！」

「スライムだから仕方ないよね」

いや、それは違うと思う！

「ほらいいよ、わたしがちゃんと当てているから、この壺の中に出してごらん。指か触手を入れて手伝ってもいい？」

「だ、だめ、絶対入れないで、あ、あ、出ちゃう、漏れちゃう」

たらり、と、こらえきれない水分が漏れ出てきた。わたしは泣きべそをかきながらお尻を締める。

「いいから全部出して。ミナミのは汚くないから。スライム的にはなんの問題もないから遠慮なくどうぞ」

「いや、汚いよ！　絶対問題ある……いたっ、やだもう、見ないで、ああ、出る、出ちゃうっ、あぁっ！」

もう我慢できなかった。

お腹が勝手にぎゅうっと締まる。

お尻の穴がくぱっと開いてしまう。

「いたい、あっ、あああああーっ」

お腹は何度も何度も勝手に締まって、自然にいきんでしまう。その度に、まずは多量に入れた薬入りのお湯が吹き出し、そのあと、最初はゆっくり、そしてだんだん勢いを増して、身体の中にあったものが恥ずかしい音をたててたくさん溢れてきた。豪華で綺麗なお風呂に、汚ならしい音が響き渡った。

「ひうっ、や、だ……止まらない……出ちゃう……うっく」

動物のような姿勢で、アドエルに恥ずかしい穴から排泄するところを見られている。彼が持っている壺の中に、わたしの中から出たものが音をたててたくさん溜まっていく。わたしは泣きながらお腹の中身を出し続けた。

「大丈夫？　もうお腹は痛くない？」

「……痛くない……っく」

すっきりしたけど、すっきりしないいいいいいーっ！

お尻の中に再び触手が入り、お腹にお湯を注ぎこんだ。もう抵抗する気も出ないわたしは、それを壺に排泄する。

「がんばったね、ミナミはいい子だね。もう一回お湯で洗おうね」

に入れたスライム特製の便秘薬のせいか、臭いが全然ないのが救いだ。

今度は水分しか出ない。わたしのお腹は空っぽになったようだ。アドエルがお腹
わたしがあまりにも打ちひしがれているせいか、アドエルはただひたすら偉かった、いい子だった、さっぱりしてよかった、病気にならずによかったと褒めてくれた。

「これは全部燃やしちゃうよ」

そう言うと、彼は壺に魔法をかけて、壺ごとちりひとつ残さないように焼却してしまった。ものの焦げる匂いだけが残り、そこにも詠唱を唱えて消し去り、お風呂場はもとのように薔薇の香りしかしていない。

そしてその後、わたしはアドエルに全身を洗われた。


「すごく可愛かったよ、ミナミ。なにをしても可愛いんだから、そんな顔しないで」

「……アドエルのばか」

「うん、ばかな魔族でごめんね。わたしには排泄ってよくわからないんだ。スライムは、取り込ん

だものはすべて吸収してしまうからね」

　自分も服を脱いでシャワーを浴びたアドエルが、薔薇の花が浮かんだ湯船の中でわたしをぎゅっと抱きしめる。

「人間は吸収しきれないものが出てくるから排泄する、それだけのことって思うよ。でも、トイレを用意するね。また我慢して、ミナミのお腹が痛くなったら可愛そうだから。おしっこはわたしがもらうからいいけど。別に両方ともわたしが吸収しても何も問題ないんだけどね。むしろ、伴侶の出すものをすべてもらうのは、スライムとしてごく普通の行為……」

「それは絶対ダメッ！　却下！　トイレにして！」

「……ミナミのなら大丈夫なのになあ……わたし、分解合成も上手だよ……」

　リサイクルして肥料でも作ってくれるんかい!?

　余計にお断りである。

「まあとにかく、ミナミは全部ぜーんぶ綺麗で可愛いから。それだけは言っておくからね」

　にこにこ天使顔のアドエルは、ぐったりしたわたしに頬擦りをする。それから、キス。唇をついばんで、くわえて舌でなぶり、歯列にそって滑り込み、口腔内をむさぼる。

「ん、……んんっ」

　舌を絡ませ、わたしの唾液を吸い取る。

「……何回キスしても甘くて可愛い。もう離れたくないよ、ミナミ。お願い、わたしだけのものになって」

返事を待たずに口腔内をむさぼる。左手はわたしの頭を固定し、右手は胸の赤い突起を弄くっている。

「んん、んっ!?」

下半身に違和感を感じた。触手だ。アドエルの背中から出た透明グリーンの触手たちがわたしの下半身をいたずらし始めたのだ。わたしの秘所に集まって、押しつぶしたり吸い上げたりして快感を引き出すもの、尿道口の浅いところに粘液をたっぷり出して入り込み、いったりきたりしてこするもの、女性の穴に入り込んで、お腹側の感じやすいところを刺激するもの、と様々なバリエーションを凝らした責めで、えらいことになっている。

「やっ、らっ、あん、あっ、そこはダメ!」

そして、お尻の穴からも一本、触手が入り込む。どうしよう、お尻なのに感じてしまう。こすられるとすごく気持ちいい。もしかして、開発されてしまったのだろうか?

「ああっ、あん、そんなに、されたら……やだ、漏れそうになっちゃう」

快感に腰をかくかく動かしながら、わたしは迫り来る敵と戦った。

「あ、そろそろまたおしっこが溜まっているみたいだね。それはわたしにちょうだい」

「きゃあっ!」

身体中に巻きついた触手で湯船の上に吊り上げられたわたしは、M字に開脚されてしまった。アドエルの頭がわたしの股間に近づく。ちゅうっと出口を吸われた。

「お願い、ミナミ、出して。ほら、気持ちいいことしてあげるから」

「あっ、あっ、だめ、いやあん、そんなところを吸わないで、漏れちゃう、あああんっ！」

舌先でちろちろ出口を舐められ、吸われ、わたしはすぐに尿意をこらえられなくなる。もうわたしの身体は、開発なんて生易しいものではなく、調教されてしまったのかもしれない。

「いいよ、わたしがすべて受け止めるから出して！　スライムの誇りにかけて、ミナミの出すものはすべて吸収するよ！」

キリッとしたイケメン顔で、変態なことを言わないでーっ！

「ほら、遠慮しないでいいから」

「遠慮じゃなくて、あっ、やっ、出る、いやあああああっ！」

そしてこの後どうなったかは、ご想像にお任せするから……そっとスルーして……お願い！


当たり前のように、アドエルはわたしの……まあその、つまり、あれをすべて吸収した。そしてわたしは、精神的な疲労でぐったりしてしまった。アドエルはそんなわたしを抱きかかえてお風呂から上がり、触手で持ったふわふわのタオルで身体を拭くと、そのままベッドに連れて行った。彼は大きな手のひらで「可愛い、可愛いミナミ」と髪や背中を撫で、わたしの指を口に含んでちゅくちゅくと吸い、舌を絡める。

「あっ」

触手たちがまたわたしの穴の中に埋まり、身体にいたずらをし始めた。これじゃあいつまでたっても熱が冷めない。

「アドエル、これ……」

「ごめんね、スライムの習性で……」

「うー……」

穴があったらもぐらずにいられないんですね！

「あ……ん……ふっ」

触手に身体の中も外も刺激され、たまらずに顔を赤らめ息遣いを早めていくわたしを見て、アドエルが優しく言った。

「ねえ、感じやすいところを弄られて、気持ちいい？」

「ん……きもち、い……」

人間は、慣れる生き物である。わたしはつくづく思い知らされた。快感を受け取って意識が朦朧《もうろう》とし始めていたわたしは、彼の腕の中で身体を揺らし、足と足をこすり合わせる。わたしの３つの穴の中で蠢《うごめ》く触手が、もぞり、と大きく動いた。その刺激でのけぞってしまう。

「ああん！」

「可愛い、こんなにいろいろ濡らして」

アドエルがちゅっと音をたてて、唇に口付けた。

「ねえ、ミナミの中に入っていい？」

もうこんなに入っているのに、まだ足りないんだ。

スライムだから、仕方がないんだね。

わたしはくすっと笑って言った。

「ん、きて。アドエル、すき」

「……ミナミッ！」

「え？」

急にアドエルが身体を起こしたので、わたしは驚いた。

「ど、したの？」

「ミナミがわたしのことを、初めて好きって言ってくれた……」

顔を赤くしてつぶやき、わたしに覆いかぶさる。

「ミナミ、わたしのこと、好きなの？　今確かに好きって言ったよね？　好きなの？　ねえ、好きなの？」

「ん、すき」

必死の形相で迫ってくる美形王子にぼんやりと答えると、わたしの股間に熱い塊が当たった。そして太い肉棒がわたしの中を掻き分けて、ずぶりと突き刺さる。そのとたん、頭のてっぺんまで快感が走った。

「あああん！」

その存在感と圧迫感で、わたしの中はいっぱいになり、満足した声をあげてしまう。思わずアドエルの身体にしがみつき、爪を立てる。

「はあ、ミナミ……ミナミ」

アドエルも赤い顔をして、何かに耐えるような表情だ。だがすぐにじゅぷりと音を立てて、肉棒を抜き、そして再び一番奥まで突き刺す。彼にしては珍しく余裕がない様子で、もう十分濡れていたそこに、思い切り抜き差しをし始めた。肉と肉がぶつかり合うリズミカルな音が寝室に響き、わたしが出した蜜による恥ずかしい水音が聞こえる。

「あん、あん、あつい、ああっ、いいの、アドエル、きもち、いいのっ」

ぐちゅっ、ぐちゅっ、ぐちゅっ。

こんなにも大きな音が、わたしのあそこからするなんて。

恥ずかしい。

でも、気持ちいい。

大きなアドエルのもので、膣の中の感じるいいところをまんべんなくこすり上げられ、わたしはただ嬌声を上げ続けた。

「熱いのは、ミナミのほうだ、こんなにうねって締め付けて、ううっ、どうにかなりそうだよ」

テクニックも何もなく、ただ激しく出し入れするだけ。それなのに、大好きなアドエルが中で暴れていると思うだけで、身体の中から快感がこみ上げてきて、あとからあとからぬめった蜜をこぼしてしまう。無数の触手がわたしの愛液を一滴たりとも無駄にしまいと下半身をまさぐっては吸い取っていく。うにうにとしたその刺激もまた、わたしを高めていく。

「もうだめ、イっ、イっちゃう、ああん、いい、イくっ」

「いいよミナミ、イって」

「あん、我慢できない、イくーっ!!」

わたしは、はしたない大声をあげてイってしまった。お腹の中がきゅうっと収縮し、アドエルをくわえ込む。アドエルの形に沿って下腹部が盛り上がる。

「あ、アドエルが、いっぱいに、入って」

わたしがイっても彼の動きは止まらなかった。いやらしい音を立ててわたしの蜜を絡め、何度も何度も抜き差しする。

「いやあ、イったのに、またよくなっちゃう、イっちゃう、アド、助けて、ああっ」

「いいよ、ミナミ、またイってごらん、こんなに甘いおつゆをこぼして、かわいいミナミ、ほら、イって！」

「ああああああーっ！」

ぐりっ、と深く差し込まれた肉棒がわたしの子宮口を突き、激しい快感と甘い痛みが身体を貫く。わたしは鳴きながらまた絶頂に達する。

「だめ、だめ、イったのに、イってるのに、また、ああ、ああああん！」

イってもイってもまた上り詰めてしまう。汗と涙と涎を流しながら、わたしは何度もイき、わたしの流すものすべてをアドエルが吸い取り、そして激しい腰の動きでまたわたしを押し上げる。

「可愛いミナミ、愛してる、愛してるよ、はあっ、気持ちよくなって」

「いい、いい、よすぎて、死んじゃう、もう許して、アドエル、ああああああっ！」

何度イかされたのかわからない。ついにわたしは快感に飲まれ、頭がまっ白になってそのまま気を失ってしまった。

「……あ……れ？」

気がつくと、わたしは再び浴槽に浸かっていた。ぬるめのお湯には赤とピンクの薔薇の花びらが浮かんでいる。

「ミナミ、すごく可愛かったよ。わたしもとてもよかった」

「アドエル……過去形になってない」

そう、浴槽の中でわたしはアドエルに向かい合って座り、わたしの中にはまだアドエルが入ったままだった。

なんという体力！　仕事で疲れていないの？

「ごめん、わたしはもう無理……お願いだから休ませて」

ぐったりと身体をあずけ、その姿勢から動くこともできない。

「大丈夫、いいものをあげるから。ほら、口をあけてごらん」

「あ……」

言われるままに口を開くと、触手が瓶を持って近づいてきた。唇に付けられたので、飲んでみる。

覚えのある味がする……けど？

「これは回復ポーションという薬だよ。これで動けるようになったでしょ？」

「あ、ほんとだ……」

すごいわ、回復ポーション。

感心したわたしが馬鹿だった。

「これでもっと愛し合えるね。まだまだ時間がたっぷりあるよ、ミナミ」

ひいいいいいいいっ！

鬼！

鬼がここにいます！


結局その後、わたしはお風呂で喘がされ、ベッドに戻って喘がされ、夕飯と称していたずらをされ、夜がすっかり更けるまでアドエルのいいように犯されて、たっぷり白濁を身体の中に受け止める羽目になったのであった。

そして、翌朝。


「……おはよう、アドエル」

「おはよう、ミナミ。今朝もとびきり可愛いね」

わたしに腕枕をしてくれていた、朝日の中でまばゆい美貌《びぼう》の王子様が、緑の瞳を宝石のように輝かせて言った。贅沢《ぜいたく》な朝である。そして、いつのまにか薄い寝衣を着せられていたわたしは、お人形さんごっこをしているかのごとく、喜ぶアドエルに朝食を食べさせてもらった。

慣れって怖い。

回復ポーションのおかげで、体調は悪くない。今日は魔界王家のメンバーと正式な顔合わせをしてから、約束していたアドエルの仕事の様子を見学して、その後はざっとこの世界の説明を受けることになっている。どうやら、タニアさんが責任者になってくれるようだ。頼もしい限りである。

「タニアは人間の国から弟のところにお嫁さんに来たんだよ。だから、人間の立場でミナミにいろいろなことを教えてくれるからね。すごくいい子だから、安心して。……なかなか手強いけど」

「手強い？」

「怒らせると、ナイフが飛んで来るらしいよ。弟が嬉しそうに言ってた」

弟さんには、マゾっ気がありそうですね。


アドエルを送り出すと、入れ替わりにナンシーが来てくれた。

「おはよう、ミナミ。あのスライムに無理させられてないでしょうね？　……あらま」

「どうしたの？」

元気に挨拶して喋っていたナンシーが、口をぽかんと開けて絶句してしまったので、わたしは尋ねた。

「あ、もしかして、なにか変な跡が残ってるの!?　どこ？」

うわー、キスマークがあるとかだったら、恥ずかしい！

けれど、ナンシーは首を横に振って言った。

「ううん、跡もシミもなくて、綺麗な……ミナミ、脱皮でもしたの？」

「へ？　脱皮!?」

わたしは素っ頓狂な声を上げてから、トラトラの猫娘ちゃんに向かってごく真面目に「人間は脱皮しません」と答えた。

「そうよねえ。わたしも聞いたことないもん。ねえミナミ、ちょっと鏡を見て」

わたしは全身が映る姿見の前に連れて行かれた。そして、下着姿（うわあ、パンツ一丁！）にされた。

「……わかる？」

「……」

「全身の肌が、白く透き通るように輝いているし、髪の毛はサラサラのつやつやよ。唇は花びらのように綺麗なピンク色だし、黒目もうるうるで大きくて可愛いわ」

「……わあ……」

そこに映っているのは、確かにわたしだった。だけどなぜか、倍くらいに魅力的になっているのだ。肌つやがいいのはもちろん、バストはパンと張り出して上に持ち上がっているし、お尻もきゅっとまあるくヒップアップしている。そして、お腹やウエストの無駄なお肉は見当たらず、綺麗なカーブを描いているのだ。ぷりっぷりのぴっちぴちボディになっている……。

いったいこれは、どういうわけ？

「ミナミ、昨日スライム王子になにをされたの？」

前から横から身体を観察し、おまけにぺたぺた触って「うわあ、こりゃあなんじゃい」と変なおじさんみたいな声で呟いていたわたしは、ナンシーに尋ねられて我に返り、首をひねる。

「えっと、なんかいろいろと……入れられたり、出されたり……みたいな感じ？」

口とか、言いたくない場所とかから、いろんなものを飲まされたり入れられたりして、でもって言いたくない場所からばんばん出した。もうよくわからなくなるほどに散々出した。うん。

「そうなんだ。うーん、これはどうしたこと？　こんなに綺麗になっちゃってるけど、魔法で変わったわけではなさそうだし。うーん、不思議だわ、うーん」

ナンシーも不思議がって、うーんうーんと唸っている。

「変わったよね、明らかに……あ、もしかして。これはデトックスかもしれない！」

わたしはぽんと手を打っていった。

「デトックス？　って、それはなに？」

ナンシーが首を傾げた。

「身体に溜まった不要なものを、外に排出することなんだ」

そうだ、いろんなものをぜーんぶ、とにかくぜーんぶ、アドエルに出されたのだ。いらない物質、つまり、日本で暮らしている間に、知らず知らずのうちに身体に溜まっていた添加物とか、化学物質とか、それにむくみの元の水分も、もしかしたら余分な脂肪まで、ぜーんぶ。

アドエルの手によって、スライム式の究極のデトックス療法が行われたってことだ。

って、どこのウルトラスーパースペシャルエステよ！　なにこの素晴らしい効果は！

わたしは、両手のひらを引き締まった自分の顔に当てた。

「うわ……もっちもちのプルンプルンになってる！　あんなにアドエルに……ええと、結構なことをされたっていうのに、疲れもむくみも隈もたるみもぜんっぜんないし、ぷりぷりの弾力のあるお肌だわ。こんなの、お高い美容液でも高級なエステでもならないと思うよ。たった一晩でこんな、すごい、すごいよスライム！　ちょっとナンシー、今わたしの中で、アドエルの評価がうなぎ上りしてるんだけど！」

そうなのだ、若いからそれほど目立たなかったけど、顔にむくみも隈もまったくなくなったから、頬のラインがスッキリしていて以前とは違っているのがわかるのだ。そして、笑うと口角がキュッと持ち上がって、まるで女優さんみたいな笑顔だ。

それに、目がぱっちり開いて、二重まぶたのラインもいつもよりもくっきりしている。これはノーメイクで目ヂカラアップだよ。

いや待て、目ヂカラアップの原因は、まぶたのむくみがないからだけじゃない！

「え？　嘘《うそ》でしょ？　睫毛までこんなに長くなってる……スライムのデトックスには育毛効果まであるの？　こんなに太くて長くてくるんと上向きにカールした睫毛が、びっしり生えてる！　わあ、下まぶたまでバッチリ増えてるわ、もうマスカラなんていらないじゃない！　なんてこと、一晩でこんなに変わるなんて……」

すごい。

スライムすごい！　すごいよ！

「ふうん、これがミナミの本当の姿なのかー。なるほどこんな美人さんじゃ、アドエル王子もべた惚れになっちゃって、囲い込んでお嫁さんにしようと必死になるわね……これは、どれだけ執着されても仕方がないね、べったりくっついて離れないわよ……スライムだけに」

わたしが鏡を見ながら「うわー、うわー」と感動していると、ナンシーがため息をついた。

8 魔界には魔力がありまして

わたしは、ナンシーに淡いグリーンのドレスを着せてもらった。着替えながら改めて自分の観察をしてみると、肘、膝、踵《かかと》のごわっとした角質はすべてなくなり、赤ちゃんのようにトゥルントゥルンだし、全身の肌のくすみもくまもなく、つやつやほんのりピンクの柔肌になっていた。まさに、体内外の毒素や要らないものがすべてなくなった感じだ。

そして、それがはっきりとわかるのが『顔』だ。確かにわたしの顔なのに、あからさまにグレードアップしている。整形とは違うので、不自然なところはまるでない。なのに、美人化している。すいません、アドエルを日本に連れて行って、一儲けしてもいいですか？

スライム美容の教祖になれそうです。

そんなわたしの髪を結いながら、ナンシーが言った。

「ミナミの種族はとても肌が美しい種族なのね。人間って鱗がないし体毛も薄くて、魔族よりも綺麗な肌をしているけれど、ミナミは一段と綺麗だわ。アドエル王子と愛し合って、その、デトックスだっけ？　それが起きて、本来の美しさが花開いたってところかな。それに、このサラサラの黒髪の美しさったらないわね。夜を切り取ったような艶やかで深い黒だわ」

「ナンシーったら！　そんなに褒められると、照れちゃうんだけど」

そうだよ、もしもナンシーが男性だったらイチコロだよ！

ナンシーは、あははと笑った。

「だって、本当なんだもの。たぶんね、ミナミはこれから人に会うたびに褒められたり、それが男性だったら口説かれたりなんてこともあると思うわよ。だから、冷静に対応できるように、少し慣れておいたほうがいいかもね」

「口説かれる!?」

「そう。……なによ、変な顔をして。ミナミくらいに魅力的な女性を見たら、そりゃあ男性は口説いてくるでしょ」

このわたしが？

男性に口説かれる？

いやいや、ないでしょう……と思ったけど、今のわたしは昨日とは違う……。

わたしは、鏡に映っているわたしを……顔の輪郭がくっきりして、ひとまわり小さい顔になった自分を見た。そして、熱烈に口説いてくるアドエルを思い出した。そう、ここは日本ではないのだ。

ナンシーは、強張った顔をしているわたしの頬っぺたを指でつついてから、笑って言った。

「大丈夫、ミナミがアドエル王子の伴侶だってことになれば、変なちょっかいを出してくる男はいないって。あ、でも、ミナミに隙があったら……うん、わからないなー。魔族って血の気が多い種族もいるし、情熱的な男もいるからね、そこは気をつけてね……ミナミの名前を呼びながら、スライムにどろどろに溶かされていく魔族の男性の断末魔を見たくなかったら、油断をしないこと！」

「ひっ」

そういうグロいものは見たくないよ！

「まあ、それにしてもこのドレスのよく似合うこと。肌の感じが変わったからか、淡い色合いがミナミを引き立てて、すごく綺麗だわ。自分でもそう思わない？」

「うん、思う。昨日よりもドレスが似合ってる感じがするな。なんか、昨日感じた『ドレスを着ちゃってます！』的な違和感がなくなってるみたい」

「そうね。昨日よりもずっとしっくりきてるわね」

淡く輝く緑のドレスを着て、つやつやの髪を結い上げてもらったら、鏡の中にはお姫様が映っていた。ほんの少し唇に紅をさしただけの顔だが、昨日よりもきゅっと小顔で、白い美肌で、頬はほわっとしたピンクで、睫毛はばっさばっさで、黒目は大きくキラキラだ。唇はベビーピンクだし、おまけに爪までつやつやピカピカの健康的なピンク色だ。

改めて、スライムすごい！

「もうお化粧も不要なくらいだわ。それに……ミナミ、気づいてる？」

「なに？」

「ミナミの周りに魔力がまとわりついてるの」

「ええっ!?」

わたしは鏡から目を外し、直に手足や身体を見た。しかし、ナンシーの言う魔力というのは見えない。指先をじっと見つめたけど、目が痛くなっただけだった。

「全然わかんないよ」

彼女は「やっぱりね」と言った。

「あのね、魔界の王族と結ばれるとね、魔族なら魔力が増強されるし、魔力を持たない人間は急に魔力を操れるようになるのよ」

結ばれるって、つまり……。

鏡の中のわたしが、真っ赤になった。そんなわたしを見て、ナンシーが笑った。

「ミナミったら、ウブねえ。かわゆーい。でね、人間はそれまでは魔力がないでしょ？　だから、魔力が使えるようになっても感じ取る力が眠ったままなの」

「眠ったまま？」

「そうよ。ちょっと待ってて。ここは同じ人間のタニアに力を借りましょう」

ナンシーはそう言って、部屋の扉を開けると、外にいた人に伝言を頼んだようだ。

「タニアに来てもらうから少し待っててね。わたしは猫の獣人で、もともと魔力があるから魔力を感じ取る力があるの。見る力は弱いけれど、今もミナミの身体の表面を魔力が覆っているのがわかるわ」

「魔力……ってことはもしかして、わたしも魔法が使えるようになるの？」

魔女っ子になれちゃうの!?

ちょっとちょっと、わくわくしてきちゃったよ。

ナンシーは「うーん」と首を傾げた。

「ミナミの思ってるようなのとは違うかもしれないけれど、おそらくは他の魔族と戦うのに必要なくらいの力を使えるはずよ」

「た、戦う!?」

もしかして、モテモテ王子を巡っての女のバトルが始まるの？

うわー、どうしよう！

わたし、腕に自信はないんだけど。

そこへ、ノックの音がして、ナンシーがタニアさんを迎え入れてくれた。

「おはよう、タニアさん」

「タニアでいいわよ、ミナミお姉様」

ぱちん、とウインクが決まった。輝く赤い髪にいたずらっぽく光る緑の瞳をした、コケティッシュで可愛らしいお姫様だ。とてもナイフを隠し持った武闘派には見えない。

「……わあ、見事に変わったわね！」

タニアさん……タニアにも、わたしの変化がはっきりとわかったらしい。

「ね、いい感じでしょ？」

「ええ、とても魅力的よ、ミナミ……あ、その前に魔力の件だったわね」

「そう。やっぱりミナミにも見えないみたいなの」

「大丈夫、同じ人間のわたしに任せて」

可愛いけれど頼りになるタニアが、またぱちんとウインクをして言った。

「ミナミ、今は魔力がまったく見えない状態なの？」

「うん。全然見えない。どういう感じなの？」

手をパーにして前に出すけれど、魔力らしきものは見えない。

「わたしの目には、もやもやした感じで金色に光る魔力がミナミを覆っているように見えてるわ」

「わたしもそう見えてるよ」

タニアとナンシーが頷きあった。

「……見えたほうがいいよね？　どうしたらいいの？　なにか訓練とかするのかな」

瞑想したりとか滝に打たれたりするのは、ちょっと面倒だなと思っていると、タニアが「その必要はないわ」と言った。

「わたしが見えるようにしてあげる」

まだ鏡の前に座っているわたしの横に立ったタニアは、人差し指でわたしの眉間を突いた。

「ミナミ、人間はここで魔力を感知することが多いのよ。試しに少し、わたしの魔力を流してみてもいい？」

「うん、お願い」

タニアは、「それじゃあ行くわよ」と言って、再びわたしの眉間を突いた。

すると、視界が変わった。

「まぶしっ！」

わたしは光の奔流の中にいた。目をつぶっても、光の中にいるままだ。軽くパニックになってまぶしいまぶしいと訴えると、タニアが手のひらでわたしの額を押さえて「深呼吸して。灯りを落とすように意識しながらね」と言った。

その通りにすると、すっと光が消えた。

そっと目を開ける。

「魔力の回路が繫がったわ。じゃあ、またここに集中して。ゆっくりと少しずつ、開く感じで」

「うん。ゆっくりと、ゆっくりと……あ、できた」

『第三の目』を開けると、物理的な視力で見たわたしの姿を、魔力の目で見た光がもやのように包んでいるのがわかった。

「タニア、これなら大丈夫。あ、タニアの魔力も……ナンシーのも見えるよ」

面白いね。

へえ、これが魔力なんだね。

意識すると、はっきりと見たり、見えなくしたりという調節も可能である。電灯の明るさを加減する感じかな？

手のひらを見ながらそこに集中すると、魔力が集まってボール状になった。茶目っ気を出して、形を変えてみる……。

「わーい、ハート型もできた！」

キラキラ光る金色の立体ハートを見せると、タニアとナンシーが「わあ、上手ー」と拍手をしてくれたので嬉しくなる。

わたし、褒められると伸びる子なんだよね！

「すごい！　これが魔力なんだね！　面白ーい！　……で、これはどうやって使うの？」

わたしが片手に乗った金色のハートを、タニアとナンシーに差し出すと、ふたりは「うーん」と首をひねった。

「ミナミ、わたしのような魔族はね、生まれた時から魔力を持っているの」

猫耳のついたナンシーが言った。

「そして、種族に特有の力……わたしだったら、敏捷性とか、気配を消し去るとか、運動能力が高いとか、そんな力は魔力を使って現れるし、覚えようとしなくても自然とできるのよ」

なるほど、猫的な能力ね。

続いてタニアが言った。

「わたしは人間だから、魔界にお嫁入りしてから魔力を扱えるようになったの。わたしは森の多い狩猟民族の国で育ったから、ナイフの扱いとか、狩りとかが得意だったのよ。で、ここへ来たら魔力が加わったんだけど、わたしはいわゆる魔法は使えないの」

「ええっ、そうなの？」

せっかく魔力を使えるようになったのに、残念！

と思ったら、タニアが笑った。

「いわゆる魔法は、って言ったでしょ？」

「そうね。タニアの場合は、身体能力の向上に魔力が使われてるのよね」

「身体能力の向上？」

わたしが首をかしげると、タニアは言った。

「見てて」

彼女はドレスをまくると、脚に付けていたナイフを取り出して、それを目にも止まらぬ速さで扱い始めた。くるくる回したり、放り投げたり、まるで大道芸人やサーカスのようだ。

「すごい！」

わたしはナンシーと一緒にパチパチと拍手をした。

「あのね、この世界には、マッドサンダーブルっていう魔物がいるんだけどね」

とナンシーが言うと、タニアがわくわくした表情で「あのね、マッドサンダーブルってね、普通の牛の3倍くらいの大きさの、パワフルな牛っぽい魔物よ。で、味は10倍くらい美味しいの！　串焼きにすると最高よ！」と付け加えた。

……味？　魔物の？

「うん、そうだね。マッドサンダーブルのお肉は美味しいわね、確かに串焼きにしてもシチューにしても、味わい深くってサイコーに美味しいわね。わたしも大好物なんだけど……まあ、とても強い魔物で魔力も多く持っていて、雷撃も出してくるから、狩ってくるのはものすごーく大変な、凶暴な牛なんだけどね……」

ナンシーが、遠い目をしてから言った。

「わたしが大好物だって言ったその日に……タニアは5頭狩ってきてくれたよね……ナイフ一本で……しかも、自分は無傷で……」

「へ？」

わたしは間抜けな声を出した。

牛の魔物をナイフ一本で……狩ってきた……だと？

「てへ♡」

タニア！

「てへ♡」の使い方が間違ってるよ！

普通のお姫様は、ナイフ一本で魔物を……いや、ふつーの牛すら倒せないからね！

それは「てへ♡」ではごまかせない問題だよ！

遠い目をしてふふっと笑うナンシーと、目玉が飛び出しそうな顔でタニアの『てへ』に対してぶんぶん頭をふるわたしに、彼女はなんとなくくねくねしながら甘い声を出して言い訳した。

「だってだってー、たまたまお散歩に行ったら、美味しそうなマッドサンダーブルの群れに会ったんだもの。それは狩るでしょ？　美味しいのよ？　ねこちゃんもまっしぐらよ？」

「わたし、ねこだけど、マッドサンダーブルにはまっしぐらしないよ！　命は惜しいもん！　美味しいけど！　美味しいけどね！」

ふわふわのお耳をぺたんと倒して、ナンシーが叫んだ。しっぽがぶんぶん左右に動いている。ビビるねこにゃん、かわゆすぎる。

と、ナンシーを愛でている場合ではないのだ！

良識ある日本人として、わたしも突っ込む。

「タニア、狩らないから！　ドレスを着たまま、魔物の牛の群れに飛び込んで狩らないから！　そもそも、人間の女の子は魔物の牛が現れる魔の森なんかを散歩しないから！」

「あら、わたしのお気に入りの散歩コースなのよ？　お土産にも事欠かないし」

タニアは、こてんと首を傾げた。ちょっとあざといけど、妖精のように可憐なタニアなら許せる。余裕で許せる。

だけど、許せないのは、その『お土産』って絶対に花束とか小鳥とか綺麗な石とかいった可愛らしいものじゃないってことだよね！

「でもね、さすがに群れをヤるにはやっぱり動きにくくてね、その時にはちょっとドレスを破いちゃったのよ。うふふ、失敗失敗♡」

だから、タニア、可愛らしく舌を出してもダメだからね！

無意識にナイフをくるくる回してお手玉のように投げるのもよそうか！

ナンシーが言った。

「あの時のセベル王子は、マッドサンダーブルをサクサク倒したタニアを見ちゃって、腰を抜かしてしばらくの間は下半身がスライムになってたんだよね……だから、どんなヤりかたをしたのかは聞かないでおこうと思ったわ……」

ほ、ほう。スライム王子は心的衝撃を受けると、スライムの姿に戻ってしまうようだな。

「あら、昔は狼に変身したセベルと、アリューサの森で一緒に楽しく狩りをしていたのよ。セベルったらスライム王子のくせに、軟弱者だと思うの。ちゃーんと遠慮して、食べる分しか狩らなかったのに。わたしは狩猟民族の誇りにかけて、食べる分しか狩らないんだから！」

タニアは瞳を誇りに輝かせて、胸を張ってそこに拳を当てた。

漢《おとこ》らしいね！

しかし、ナンシーは突っ込んだ。

「アリューサには、マッドサンダーブルはいないでしょ！」

「……ま、そうだけど」

「普通の獣を食糧として奥ゆかしく狩るのは、セベル王子にも理解できたんでしょう」

「う、ま、そうだけど」

「優雅にお散歩していた愛らしいドレス姿の嫁が、いきなりナイフをひらめかせてマッドサンダーブルの殺戮を始めたら、夫には衝撃だと思うんだけど」

「う、え、ま、そお？」

「あとねー、確かに持ち帰ったのは五頭だけど、その前に狩った数頭は『持ち上げることすらできない悲惨な状態だった』って話を小耳に挟んだよ？」

ちょっと待て！

『持ち上げることすらできない悲惨な状態』の魔物って、どんだけ!?

わたしは首をギギギギギと動かして、ふわふわのドレスを着て、明後日のほうを向きながらゴッいナイフを振り回すタニアを見た。

「タ……タニアねえさーん……」

「……それはともかく」

おお、ねえさんたらサクッとスルーしたね！

可愛らしくて妖精のような赤毛のお姫様は、頬を染めながらナイフをしまってから言った。

「人間が魔力を扱えるようになると、その人の特性に合わせて使えるみたいだから、その可愛いハートもミナミ特有の使い方ができるんだと思うわよ」

「ふうん……」

わたしは手の上に浮かんだハートを見た。使い方がさっぱりわからない。

でも、可愛いので、とりあえず肩に乗せて「肩乗りハート♡」と言ってみた。それを見たふたりが「わあ、可愛い」「おしゃれなアクセサリーね」なんて褒めてくれたので、魔力を扱う練習がてら金のハートを大量に作り、肩とか頭とかにまとわりつかせて遊んでしまったのだった。


「お仕事中に失礼します。ミナミを連れてきたわ」

ナンシーは別の用事があったので、わたしはタニアと一緒に部屋を出てアドエルが働いている執務室に向かった。王族のお嫁さんと伴侶候補なのに、護衛の人がつかないのかな？　とふと思ったけれど、スライム王子が腰を抜かすほど強いタニアが一緒にいるから、きっと不要なのだろう。

「お邪魔します……」

「わあ、ミナミが可愛い！　キラキラしたハートがたくさんくっついて、いつも可愛いけど、余計に可愛い！」

「ひょっ」

部屋に入るなりアドエルに抱きしめられて、わたしは可愛くない声を出してしまった、無念！

今度タニアに、動揺しても可愛い声を出す方法を習っておこう。

「……アドエルよ……メロメロだな……人型を保てるのか不安になるほどメロメロだな……」

「あら、可愛らしいお嫁さんね。うふふ、ちょっぴり囓《かじ》ってしまいたいくらいよ」

「母上！　いくら母上でも、ミナミを囓ってはなりません！　ミナミはわたしの大切な伴侶で、その体液のすべてはこのわたしが吸い取ってこの身体に納めて吸収して、身も心も一体化するのですからね！」

……どこから突っ込んだらいいのか、わからないよ！

とりあえず、アドエルのご両親らしいふたりにご挨拶をしようともぞもぞ動くと、アドエルがぎゅっと抱きしめた。

「父上、母上、ミナミです！　ミナミ、父上と母上だよ！　さあ、部屋に戻ってゆっくりと、可愛いハートを数えながら心ゆくまで……」

「アドエル王子殿下、国王陛下ご夫妻にしっかりご挨拶してから簡単に執務の説明をしていただけますか？　その後、このタニアが魔界についてミナミ様にお伝えしますので。よろしいですか？」

タニアが、赤い魔力を全身からゴゴゴゴと噴き出しながら、アドエルに言った。

「この世界についてミナミ様にわかっていただき、ミナミ様にアドエル王子殿下と婚姻するか否かを判断していただくのですわよね？」

「そ、それは、そう、だね、タニア姫」

「わかりました。このタニアが責任を持って、ミナミ様に『魔界の第一王子に嫁ぐ』というその意味をご理解いただけるようにいたしますので……」

アドエルの腰が引け、そうっと腕からわたしを出した。

「そ、その通りだね、うん、タニア姫にお任せするから……」

「うふふふ、いつもながら説得力のある子ね。頼もしいお嫁さんだわ」

王妃様は、満足げに笑って言った。

「王妃陛下、恐れ入ります」

タニアが恐ろしいゴゴゴゴゴを引っ込めて、キュートな笑顔で答えた。


そしてわたしは、スライム国王と吸血鬼王妃とに改めて挨拶をした。

アドエル王子と一緒のサラサラのプラチナブランドに、金色の瞳をしたスライム国王は、大変な美形男性だ。アドエルが中性的な魅力なら、国王陛下は落ち着いた大人の男性の魅力が溢れる人で、モデルのようにカッコいい体型の紳士だ。見た目は30代前半くらいかな？

そして、その奥さんである王妃様は、赤い瞳に黒い髪をした、妖艶だけど無垢な可愛らしさがある、これまた魅力的な女性だ。さすがは吸血鬼、どんな男性も虜にしてしまいそうだ。

……こんな美形一家に、わたしが加わる？

なにそのムリゲー！

けれど、わたし以外の人物の評価は違ったようだ。

「まあ、さすがは人間族のお嬢さんね！　魔族がひっくり返ってもかなわない清楚な感じで、素敵だわ。おまけに、お肌も髪もつやつやのぷるぷるでたまらないわね。わたしの側に置いておきたいくらいだわ……ね、かわいこちゃん、おねーさんのものにならないこと？」

「あ、は、あはは」

わたしは、髪をくるくると指に巻きつけてもてあそびながら、お色気全開で迫ってくる美しいお姉様を、引きつった笑いでごまかした。

「はーはーうーえー……」

「おーまーえー……」

「おーかーあーさーまー……」

はい、魔力が見えるようになったので、緑と銀と赤の魔力が王妃様にゴゴゴゴと迫りくるのが見えてますよ！

「あ、あら、やん、冗談、じょ、お、だ、ん、よ♡　だありーん♡」

世渡りが上手そうな王妃様が、語尾にハートをつけながらスライム国王にすりすりして、腕をその首に巻きつけた。

「でも、わたしはミナミを気に入ったわ。ぜひアドエルのお嫁さんになって欲しいから、タニアちゃん、よろしくねー」

「お前は……まあでも、わたしもスライムの勘で、ミナミは良い伴侶だと思う。だが、もちろん無理強いはしない。ミナミ、前向きに考慮してもらえると嬉しく思う」

王妃様を抱き上げた国王陛下も、わたしに笑顔で言ってくれた。


「そういえば、他の王子様方は？」

執務室で、わたしはタニアに囁いた。うっかりアドエルに聞くと「わたし以外の男のことを気にするなんて……どうやら愛情が充分に伝わっていないようだね」なんて言いながら面倒くさいことを始めそうだったからだ。

うん、わたしもだいぶアドエルの扱いに慣れてきたね。

タニアは、こそっと答えた。

「スライム三兄弟が揃うと、事の進みが遅くなるから、今日の晩餐で紹介することにしたわ」

さすがはタニア姫、段取りがよろしいようで。

「ええとつまり、魔界の執務は国王陛下がメインで、アドエル第一王子が補佐をしながら、将来的に引き継ぐことを考えて仕事の内容を覚えているということですか？」

「まあ、そういうことになるな」

仕事の区切りのいいところだったので、国王陛下が自ら魔界の説明をしてくれた。予想通り、国王と第一王子が統括しているということらしい。

「魔族は人間よりも寿命が長いので、わたしが跡を継ぐのはずーっと先の話だけど……」

アドエルが言った。さらに国王が続けた。

「そうだな。だが、わたしが早めに引退して愛するハニーと楽しく余生を過ごす、という手もあるのだが……」

「だありーん♡　わたし、国のトップとして国民のために働く男性って最高に素敵だと思うのよ♡」

王妃が色っぽい流し目を夫に向けながらうふんと笑うと、スライム国王はキリッとした表情になって「まだまだ息子に王座を渡す気はないがな、ははは」と胸を張って宣言した。

さすがは王妃陛下、暇なスライムとがっつり付き合うと（オトナな意味で）身が持たないので、限界までスライム国王の力を分散する作戦を遂行しているね！

スライムの恋人になるのは、いろんな意味で大変そうである。

「魔界の執行部は国王陛下がトップで、直接軍隊、つまり魔族の騎士を王家が従えているんですね。で、貴族というのが、それぞれの種族の代表みたいなもので、個々に軍を持ちながら各地を治めている、と」

わたしの言葉に国王が頷いた。

「そうだ。そして、魔族は基本的に力を重んじているから、自分の力が強いと感じたら国内での重鎮扱いを要求するし、もしも王家よりも強いと判断したら、我らに成り代わって国を治めようとするだろう。なので、反乱を防ぐためにも国軍を王家がしっかりと制御しておく必要がある」

「なるほど、実力主義なんですね……腕力主義、のほうが合ってるかな」

タニアが頷いた。

「人間の国よりも、その点は単純ね。弱みを見せるといつ寝首をかかれるかわからないから、王家、つまり国王陛下夫妻と三王子、そしてわたしとナンシーが実権と情報を握っているわ。武力においても、現在の魔族の中では、スライム一族が断トツで強いからね」

と、スライムすらビビらせるタニアねえさんが言った。

「ナンシーはフリュード第三王子と一緒に諜報《ちょうほう》関係を担当しているの。うちの夫のセベルとわたしは軍備担当よ」

やっぱりねえさんは、軍備一択だね！

王妃が艶然《えんぜん》と笑いながら言った。

「わたしも、陛下の子どもを産み育てながら執務には関わってきたわ。あと、王宮の切り盛りをするのも王妃の大切な仕事なのよ。それから……言うなれば『裏諜報部』といったところかしらね。わたし直属の、女性だけの諜報部員……とまではいかないけれど、親切な『お友達』がたくさんいてね、内緒のお話を届けてもらうのよ」

「噂《うわさ》話を集めて、お義母様と分析するの。のんびりとお茶をいただきながらね」

めっちゃ怖いお茶会だね……。

「そうやって、大量の情報から国王陛下と第一王子に渡すものをふるい分けておくのよ。もちろん、いい部下もいるけれど、最後に信用できるのは身内だけ。っていうと結構シビアだけど、逆に魔族は身内を裏切らないから、人間の世界よりもその点は楽かもね……」

「あー、なるほどね。人間は欲望のために親兄弟で争いが起きるもんね」

うん、信用できる分、魔族のほうが楽だね。

わたしは複雑な気持ちで、タニアと頷きあった。

「こんなわけで、特にわたしたち女性陣は、第一王子妃が王家に加わってくれるのを、首を長くして待っているの。ね、お義母様？」

「ね、タニア？」

「……え、えと、おほほほほ？」

とりあえず、笑ってごまかした。


さらっとした説明を受け終わり、わたしはタニアと一緒に執務室を後にした。

「じゃあ、王宮の案内をするわ。何か質問があったら答えるから、遠慮なく聞いてちょうだい。王政についてのことでもいいわよ」

「え？　あんまりわたしに内情を話しちゃったらまずいんじゃ……」

「うふ。うふふふふふ」

怪しい笑いを漏らしながら、タニアがわたしの腕に絡まった。

「ミナミー、わたしたちと一緒にお仕事しよ？　ナンシーとも仲良くなったし、三人で魔界をのっとろ……ええと、魔界を治める大事なお仕事をしましょ。ねー、ミナミー、きっと楽しいわよー」

この甘えっこさんめ、今、魔界を『乗っ取ろう』って言いかけたでしょ！

「お義姉さんになるなら、ミナミがいいなー。わたしたち、上手くやれると思わない？」

「ん、まあ、それは思うけど……」

「他の魔族の女性には、なかなか適任者がいなかったの。地位や権力を求める、無能な乱暴者ばかりが前面に出てきてアドエル王子に迫ってくるし。それに、たぶん、他に本命の女性が現れないのはミナミがアドエル第一王子の『運命の伴侶』だからだというのもあると思うわ。ミナミはアドエルのこと、嫌い？　ひとりの男性として見ると、どう？　まったくダメな感じに嫌い？　生理的にどうしようもなく嫌い？」

「嫌いじゃないけど……」

もぞもぞと答えたけれど、タニアは顔を輝かせて言った。

「よかったー！　うん、大丈夫だとは思ってたけど、あの王子があまりにも変態……ミナミに首ったけだから、少し引かれちゃったかなって心配だったの。魔族っていうだけでも苦手だっていう人間もいるし、しかもしかも、スライムでしょ？　触手なんて出てくるし、さすがのわたしも最初は驚いたわよ。おまけに、うっとうしいほど執着してくるしねー、ほんとスライムってうざいわ」

……タニア。

正直な子ね。

そんなわたしの表情を読んだタニアはバタバタと手を振って「いえ、その、裏を返せば愛が深くて、絶対に浮気しない旦那様ってことよ！　ほら、見た目もすっごく綺麗だしね？　ね？　あースライムちゃんたら可愛いわねー」とごまかした。

「でもね、ここの暮らしも結構悪くないわよ。ミナミの仕事も、かなりやり甲斐《がい》があるものになると思うしね。だいたいあなたって、とても王妃業に向いてると思う……」

ふとタニアの様子が変わった。わたしから離れると、いつの間にか手にナイフを隠し持っている。

いつの間にか、数名の女性が忍び寄っていたのだ。

「あら、人間臭いと思ったら……ごきげんよう。ほほほ、未来の姉上に頭を下げたらどうですの？人間は礼儀も知らないのね」

先頭に立って現れたオレンジ色の髪をした美女に、タニアは鼻を鳴らして「出たわね、勘違い蛇女」と呟いた。

「そちらこそ、王族に向かってその態度とは、ずいぶんと失礼ではありませんこと？　礼儀知らずはどちらかしら。それに、あなたは永遠にわたしの未来の姉などにはなりませんことよ、ラミア様。これだから蛇は……」

そして、タニアは上品に笑いながら言った。

「ああ、臭い臭い、生臭いわ。何かしら、王宮が蛇臭くてたまらないわ……」

鼻にしわを寄せて、ラミアという美女に向かって手でしっしっというジェスチャーをした。

さすがタニアねえさんだ、やられたら二倍返しだね！

で、当然のことながら蛇のような美女とそのお供の女性数名は腹を立て、しゅうっと怒りの声を出した。

「あなた、人間の分際で生意気なのよ！　それが、アドエル様につきまとっているという人間の小娘ね。なによ、こんな……醜い……」

　怒りのあまり、全身に鱗が現れた蛇女は、わたしの悪口を言いかけて口をつぐんだ。その様子を見て、タニアが笑った。

「すべすべで柔らかくて、可愛い人でしょ？　アドエル第一王子殿下の好みのタイプみたいで、もう首ったけなのよ。ラミア、あなたの入り込む隙はないわ、とっとと蛇の館にお帰りなさい！」

「……ヤワな人間のくせに！」

　ラミアが牙を剝《む》いた。

「こんな小娘、一撃で殺せるわ」

「ひゃっ！」

　蛇女、こええっ！

　魔族の迫力にわたしが怯えると、わたしの周りに漂っていた金のハートがひとつ、ラミアのほうに飛んで行った。彼女は「ふん、こんなもの！」と言ってハートを叩き落とそうとした。が。

「なっ、こんな、ものっ、ひょっ！」

　彼女はほわほわと顔の周りを漂うハートに逃げられたあげく、巧みに避けたハートを飲み込んでしまった。

「あ、飲んじゃったわね」

　タニアが「どうなるのかしら？」とうっすら笑いながら肩をすくめた。

「ふん、これが攻撃？　笑わせないでよね！」

ラミアの右手が上がり、叩かれる！　と思った瞬間。

「きゃあっ！」

ばっちーん！　とすごい音を立てて、ラミアの顔が張られた。

「え？」

なにが起きたの？

「な、なんなのよ！」

今度はラミアが両腕を伸ばして、わたしを突き飛ばそうとした。すると、ラミアのほうが後ろに吹っ飛んで、柱に激突した。

「ぎゃっ」

よほど激しくぶつかったのか、彼女は悶絶《もんぜつ》した。

「ラ、ラミア様！」

「おのれ、人間の分際で我らが姫に！」

「な、なにもしてませーん」

両手を上げて、無抵抗アピールをする。

しかし、怒りの声をあげる蛇女の手下らしい女性たちが襲いかかろうとすると、その口に、わたしの周りに浮かんでいた金のハートがぴゅっとスピードをあげてひとつずつ飛び込んで行った。

このハート、どういう仕組みになっているんだろう？

「このーっ！」

「生意気な人間の小娘！」

「八つ裂きにしてくれるわ！」

「あらあら、皆さまお下品ですわよ」

タニアの突っ込みを無視して、雄叫びをあげながら摑みかかってきた蛇女たちは、なぜか皆悲鳴をあげて倒れた。

「ひいっ！」

「ぐふっ……」

「ううっ、痛い……」

流血している女性もいる。

さっきから、いったいなにが起きているのだろう？

おそらく、わたしの身を守るために魔法が発動したのだと思うけれど、あの金のハートはどんな働きをしているのだろうか？

と、タニアが「ふうん、ミナミ、お見事！」とわたしにウインクを決めてから、転がる蛇女たちに言った。

「おやおや、たいそうな口をきいた割には、ミナミに指一本触れることすらできないじゃないの。さあ、目障《めざわ》りだからとっとと消えてちょうだい。それとも……消してあげましょうか？」

ナイフを光らせながらタニアが床に倒れた蛇女たちに言うと、「お、おぼえておいで！」などとお決まりの捨てゼリフを残して去って行った。

蛇女様ご一同が、シューシューと（どこから音を出していたんだろう？　魔族って不思議だな）言いながら憎々しげに捨て台詞を吐いて去ってから、わたしはナイフをしまったタニアに聞いた。

「今のはなんだったのかな。蛇さんたちの攻撃がわたしに来なかったのは、さっきの金のハートを飲み込んだせいなんでしょ？　わたしの目には、わたしに対するダメージが蛇さんに戻っていったように見えたけど、どんな魔法が働いたんだろう」

そう、わたしを平手打ちしようとした蛇の親玉ラミアの手のひらは、わたしに触れることなく、逆に彼女の頬が激しく打たれた。さらに、わたしを突き飛ばしたと思った瞬間、吹っ飛ぶほどの勢いで後ろに飛んで行った。

タニアもうんうんと頷きながら言った。

「ええ、わたしにもそう見えたわ。ミナミにしたことがあの人たちに向かっていったようね。ふふっ、面白かったわね！　あのラミアの顔ったら！」

いやいや、面白いより怖かったって。オレンジ頭のお姉さん、シューシュー言いながら牙を剥いてたよ。ものすごい勢いで柱に激突していたけど、大丈夫だったのかな？

「やだわ、ミナミったらそんな呆れた顔で見ないでよ。強靭な蛇族はあんな程度のダメージじゃなんともないからね。ぷんすか言いながら、元気にスタスタ歩いて帰って行ったじゃない。それにさっきのアレ、ミナミしか使えない魔法だったのよ？　いわば、ミナミを具現化した魔法ってことよ」

「そうなの？　わたしは別に、彼女たちに暴力をふるうとか、そんなことは全然考えていなかったんだけど。でも、わたしにもよくわからないんだけどな、可愛いハートを飲み込んだら、なんであんなことになったのか、不思議だなー」

平和な日本から来たわたしは、好戦的な魔族とは違うのよ。

でも、タニアは疑いながら言った。

「本当に心当たりはないの？　わたしが見たところ、蛇たちの攻撃の倍の力が向こうに返っていったみたいよ。積極的な攻撃ではないにしても、あれは単なる防御バリアではないと思うわ」

「倍の力で跳ね返ったの？　ってことは、いわゆる倍返し……ああ、もしかすると、お母さんの言ってた……」

「ミナミのお母様？」

「うん」

わたしはタニアに笑顔で説明した。

うちの母は、とても優しい人だ。わたしが小さい時から、こう言っていた。

『ミナミ、されて嬉しかったことはその人にお返しするの。そして、同じくらい嬉しいことを他の人にもしてあげるのよ』

『他の人にも？』

『そうよ。そうして、みんなで二倍二倍にしてお返ししていけば、この世界中の人に幸せが来ると思わない？』

『うん！　そうだね！　お母さんは頭がいいね』

『うふふ、ありがとう』

『世界中のみんなが幸せになるように、ミナミは二倍お返しする！』

『ミナミは優しくていい子ね。お母さんの自慢の娘よ』

撫で撫で撫で。

『ねえお母さん、もしも誰かに嫌なことをされたらどうするの？』

『……そうねえ』

優しい母の目が、きらん、と光った。

『倍返しにして叩きのめす、かな？』


「こわ！　幼女に『倍返し』を教えちゃう母、こわ！　途中までいい話だったのに、オチがこわ！」

「そうかなあ」

わたしは首を傾げた。引き攣った笑いを浮かべたタニアは「そうよ、でも嫌いじゃないわ」と頷いて言った。

「まあつまり、そのお母様の教えが魔法になったのが、ミナミの金のハートってわけね。『倍返し』のハートか……ある意味最強ね。攻撃と防御が見事に一体化してるわ。『自分から誰かを攻撃できない』っていう縛りがあるからこそ、余計に強力な魔法になりそうだしね」

「あ、確かに攻撃自分からはできないや。でも、別に不便じゃないからいいかな」

「そんなミナミだからこそ使える魔法なのね。やっぱりやたらに喧嘩《けんか》をふっかけてくる魔族とは違うわね」

タニアは褒めてくれたけど。

テレビでよくある魔女っ子みたいに、呪文を唱えて魔法を発動できないのは非常に残念だ。せっかくなら、ビジュアル的にかっこいい魔法を使ってみたかったよ！

そして、金のハートを身体の周りに浮かべつつ、わたしはタニアと一緒に数日をかけて王宮を探索した。ＲＰＧゲームをしているように、何度かトゲのついたムチを操る魔族女子とか、巨人の女子とか、呪いをかけるのが得意な女子とか、日本ではお目にかからないような変わった人たちに「アドエル様に近寄らないで！」と、これは日本でもよく聞くセリフを言われて攻撃をしかけられたけど、タニアが微笑んで見守る前ですべて金のハートで返り討ちにした。

たいていは「おぼえてらっしゃい！」と撤退してくれたが、呪いの女子はわたしに強力な眠りの呪いをかけたらしく、その場で眠り込んでしまったので衛兵を呼んで迎えを手配させた。嫁入り前の娘さんなのに、大口をあけ、涎を垂らした寝顔をたくさんの人に見られていたけど、わたし、知ーらない。

他のスライム王子とも対面した。

第二王子のセベルは短いプラチナブロンドにアイスブルーの瞳を持つ、優しそうな人だったが、タニアを前にすると残念な変態になった。

第三王子のフリュードは肩くらいのプラチナブロンドにオレンジの瞳を持つ、クールな感じの人だったが、ナンシーを前にすると残念な変態になった。

あ、あれ？

スライム族は、変態がデフォルトなの？

……そこは、突っ込むのはやめておこう。

まあ、変態なところを除けば、麗しの美形三王子で、わたしを歓迎してくれたからよしとする。

魔界の王家のメンバーは皆わたしを歓迎してくれたし、魔界の歴史や地理もおおまかに教えてもらって、次期王妃がどんな仕事をするのかもだいたい理解した。すっかり仲良くなったタニアもナンシーも、わたしを切望してくれて、そこにちゃっかり現王妃も混ざって熱心にわたしを勧誘してくれた。アドエルは言うまでもない、うん。

で、いろいろ考えたあげく。

魔界にお嫁入りすることに決めました！

9 帰還

魔界にトリップしてから2週間ばかりが過ぎた。

こちらの国の地理・歴史などの社会勉強やアドエルの仕事や王妃の立ち位置、王宮の人間関係などについて、毎日タニアの指導の下で学び、王家の女子メンバーに「もう絶対、魔界の次期王妃になって！　ミナミほど王妃に向いてる女性はいないから！」と熱く口説かれた。最後には「アドエルと結婚しなくてもいいから、来て。お願い。なんでもするから」とまで言われて、それを聞いたスライム第一王子が王宮の隅っこで「わたしはいらない子だったのかな……」と落ち込んでしまったくらいだ。

まあ、アドエルとは毎日いちゃいちゃしてたし、正直彼のことが好きになっていたし、魔界の人たちとも顔馴染みになって居心地はよかった。魔族は好戦的だと言うけれど、はっきりとものを言う性格なので付き合いやすかったし、人間関係が一番大変だと思っていたけれど、どうやらその心配はなさそうだ。

タニアとナンシーともすっかり仲良くなった。時折魔族のライバル女性が襲ってきたけれど、金のハート（段々と作るのが上達して、今はかなりの大きさのものが作れるようになった。10倍返しくらいの威力がありそう）を投げようとすると、捨てゼリフすら吐く余裕もなく逃げていくようになった。

蛇のラミア姫が一番しぶとくて、数回アタックしてきたが、逃げようとしたところでドレスの裾を踏んで転んだのを助けようとしたら、わたしに怯えて涙目になっていた。思わず頭を撫でて「よしよし」してあげたら、それからはすっかり大人しくなってしまった。タニアの話では「自分よりも強いと認めて、ミナミに服従したのね。これで蛇一族は配下になったも同然よ」なのだそうだ。

魔族は強さが命。金のハートを多数従えて歩くわたしに逆らう者は、もうこの王宮にはいない。

『倍返しのミナミ姫』というふたつ名が付いちゃったけど……気にしない！

「アドエル、わたしね、そろそろ一度向こうに戻ろうと思うんだけど」

ベッドの中で言った。

ええ、もちろん毎日回復ポーションのお世話になってますけど。それがなにか？

わたしの言葉を聞いたアドエルは顔色を変えて「ミナミーッ！」ときゅうっと抱き込んでその周りから触手でぐるぐる巻きにした。捨てられそうな子犬のような目で見る。

「わたしがなにか、まずいことをやった？　ミナミ、ごめんなさい、お願いだから早まらないで！」

うるうると緑の瞳を潤ませて、見つめるイケメン。罪悪感を煽《あお》ってくるあざといスライム王子に、わたしはため息をついた。

「ちょっとアドエル、ちゃんと話を聞いてよ。そんなに悲しい顔をされて、なんだか鬼嫁になったような気分がしてきちゃったじゃない。あのね、『一度』って言ってるでしょ。わたしが本格的にこっちに移住するとなると、両親にも事情を話さないといけないいし、いろんな手続きとか根回しとかも必要なのよ。大学も中退しなくちゃならないしね。引っ越しの準備もしたいし……あとでやることをリストアップしようっと」

「本格的……あ、え、それはつまり、え？　あ！　あーっ!?」

ぱあっと顔を輝かせる。そしてすぐにおろおろする。

なにこの天使の百面相、かわいすぎる。

身体はエロいがな！

「大変だ、まだミナミにプロポーズしてなかったよ！　ちょっと待ってて！」

しゅるっと触手を全部収納し、ベッドから飛び出してクローゼットに駆け込む王子。

待つこと5分。

「ごめんねミナミ」

正装した、どこから見ても麗しい王子様がプラチナブロンドをなびかせて戻ってきた。相変わらず、見た目は文句なしの完璧美形男性だ。

見た目はね！

彼が左手を挙げると、どこからか小さな箱が現れた。ベッドの脇にひざまずく王子。わたしの右手を取り、甲に口付ける。

「わたしの愛しい方、魂の半身よ、死が二人を分かつまで生涯を共にしていただけませんか？」

「……はい」

……あの、わたし、すっぽんぽんなんですけど？

うーん……突っ込めない雰囲気なので、とりあえず身体にシーツを巻きつけてから、神妙に返事をする。

アドエルは小箱から、彼の瞳のような深いグリーンの宝石がはまった指輪を取り出して、わたしの指にはめてくれた。

「ああ、ミナミ、ありがとう！　愛しているよ！」

彼は服をすばやく脱ぎ捨てると、ベッドの上のわたしにのしかかってきた。

すっぽんぽんのままでまったく問題ない展開でしたね。


そんなわけで、わたしは一週間の予定で向こうに帰ることになった。

向こうに一日いるとこっちは30日経ってしまうのだけれど、それはアドエルが耐えられないと言い（210日不在になっちゃうからね！）彼は真剣に魔導書を研究した。そして、オリハルコンでできたご神体型異世界トリップキーに魔法を1日がかりで重ねがけして、同じ一週間後にこっちに戻れるように設定してくれた。

「……で、なんでこれにいぼいぼがくっついているわけ？」

わたしは、新たな機能が加わった、オリハルコンの○○○を持ち、顔をしかめた。アドエルの形をしたそれは、全体にいぼいぼ加工がされた凶悪な代物になっていたのだ。

「いくらなんでも卑猥すぎるわ！　こういう改良はやめて欲しいんですけど！」

「改良したんじゃなくて、わたしが何度も魔法を重ねがけして強い魔力を帯びさせたから、鍵がさらに変形したんだと思う。……ごめん」

いやらしさがグレードアップしてしまったオリハルコン製〇〇〇を見て、そのあまりのエロパワフルぶりにアドエルもうなだれた。どうやら自分のより凄くなってしまってショックだ、というのもありそうだ。小さな声で「ミナミがこれを気に入って、わたしのモノで満足してくれなくなったらどうしよう……」と本音を呟いているのを聞いてしまった。

「申し訳ないけど、ミナミの世界に戻るにはそれを使うしかないんだよ」

「……痛くないかな」

「スライム特製の潤滑ゼリーを配合させていただきます」

胸に手を当て、麗しき王子様は頭を下げた。


そんなこんなで、大学の休学手続きとか（正式に結婚したら、退学に切り替える予定）両親への説明とか友達への連絡とかアパートを引き払うとか、こっちから金を持っていって資金にし転移専用の拠点になる不動産を買い上げるとか、思いつく『やらなければいけないこと』諸々を整理してリストにし、わたしは戻る準備をした。

日本に戻る時には、わたしの身体についている服とかバッグとかアクセサリーは一緒に持ち込めるというので、婚約指輪とアドエルから両親への結納がわりの宝石と手紙も（こっちの言葉で書いてあるんだけどね、わたしが訳して読む予定。あ、アドエルの魔法でわたしはこっちの世界の言葉は不自由していない）小さなかばんに入れてウエストにくくりつける。換金するための金のコインが結構重い。宝石は、素人には売りにくいからね。軍資金は純金にしたのよ。

あとは、転移キーを使うだけなんだけど。

「お願いだから、ひとりにしてもらえない？」

アドエルの前で、ご神体を自分の大事なところに挿入した上絶頂するなんて、いったい何の罰ゲーム？　ってくらい恥ずかしいからやめて欲しい。

「わたしも手伝うよ。それに、転移の時に何かあったら大変だからしっかり見守っていないと」

「何かあるの？」

「まずない」

この正直者が！

ないなら見守る必要ないでしょうが！

「ねえミナミ、わたしはミナミが自分でこれを入れられるかが一番心配なんだ。十分濡れてないのに入れたらミナミが傷ついてしまう。どうやったらいいか、わかる？」

「……あ、わかんないかも……」

そうだ、こっちに来る時はローターがあったから、秘所はあらかじめローターの刺激で濡れていて、ご神体がスムーズに入ったんだっけ。いやいや、あの時はスムーズではなく、かなり無理やりだった気がする。

アドエルと毎日愛し合ってるから、この大きさに身体は馴染んでいるけれど。

準備はどうしよう？　アドエルとえっちする時には、触手を使って嬉々として充分に前戯をしてくれるから大丈夫だけど。

この世界の官能小説でも借りて、読みながらひとりでがんばってみるしかないかな。

……王宮に、官能小説、あるのか？

「……うおっ！」

考え込んでぶつぶつぶつつぶやいていると、目の前にアドエルがアップで現れた。

「ミナミがわたし以外の男のことを考えて、しかも感じて濡れるだなんて、絶対に許さないからね！」

怒ったスライム、怖い。

顔の周りで緑の触手をわさわささせて、恐怖のイソギンチャク男みたいになっている。

「そんなことを言っても、これをいきなり入れるなんて無理だよ！　絶対に痛いって！」

アドエルはそのままちゅっとキスをして言った。

「だから、それはわたしが手伝ってあげるから。それこそ夫の役目でしょ。ね？　もちろん、自分でできるところは自分でやるんだよ。ちゃんとできるようにならないと、ミナミの国からこっちに帰って来れないでしょ」

「それもそうだね」

「じゃあ、ベッドに行こう。わたしが見守っていてあげるから、がんばるんだよ」

がんばる……のか。

というわけで、うまいこと言いくるめられたような気がするけど、わたしはアドエルの前で人生初の公開自慰プレイをすることになった。戻るのは、来た時の場所と時間。つまり、アパートのわたしの部屋だから、どんなかっこうで帰っても大丈夫。わたしは来る時に着ていたホームウェアの上だけを見につけていた。

「えと、じゃあ、いきます」

わたしは右手を自分の股間に伸ばした。

「えーと、えーと、……？」

おそるおそる股間に手を伸ばしたのはいいけど、そこから先をどうしていいかわからなくて首をひねる。

一人えっち初心者の坂田美南20歳、がんばっております！

アドエルとするときは、まずキスをして、それから……身体を触られる？　全身の感じるところを同時に触手が来て……あれ？　ひとりだとどこから触ればいいんだ？　ってゆーか、スライムの変態プレイに慣れてしまって、普通のえっちがわかんなくなっちゃったかも!?

「……アドエルのばか」

こいつのせいだ！

わたしはこいつのせいで、一人えっちひとつ満足にできない身体になってしまった！

もう、恥ずかしい穴という穴を触手でもぞもぞ弄られないと感じない！

そんなの人として終わってる！！！

みんな変態スライムのアドエルが悪いんだーッ！！！

若干八つ当たりを含むけれど、とりあえず他に思いつかないのでアドエルを涙目でにらんでみる。にらまれたアドエルはというと、顔を紅潮させて「か、可愛すぎる、ミナミ……わたしはもう……」と、怪しくハアハアしている。

「どうしたらいいのか、わ、わからなくなっちゃったのかな、ミナミは？」

口調が変質者っぽいよ！

「だって、わたし、触手持ってないんだもん……」

「『もん』とか、もうっ、涙目でそんなこと言って……これはある意味拷問《ごうもん》……そんなオリハルコンの偽物よりもよりも、わたしのモノをミナミの中にぐっちょり埋めて……いやいや、ダメだ、落ち着こう。よし。わかった。それじゃあ、わたしの言う通りにしてみて」

アドエルの葛藤が終わり、ベッドに座ったわたしは口をへの字にして頷いた。

「まず、そこに寄りかかって下着を脱いで。そう。で、両膝を下から持って、そのまま左右に開いてください。……はい、もっと開いて。恥ずかしい位に開いて」

ベッドに座って、M字開脚をさせられた。

「そうしたら、指で大事なところを持って開く」

「ええっ！」

「ほら、いい子だからちゃんとして。……おうちでは鏡に向かってやってね。そうすると、真ん中のちっちゃいお豆が触りやすいでしょ。……あ、ミナミ、恥ずかしいところをわたしに見られてもう濡れちゃったね」

秘所に顔を近づけたアドエルが、にっこりと笑った。

うう、これは恥ずかしい！

羞恥プレイってやつなのね。

「じゃあ、今度はそのぬるぬるを人差し指につけて、そのままお豆を触ってみようか。ミナミの大好きなところを弄ろうね」

「……ひゃんっ」

アドエルに言われるままに、その部分を触ると、敏感なところに急にぬるっとした感触が来て、わたしは声を出してしまった。

「そう、上手だよ、そうやって、なんどもこすって……ミナミの中からいっぱいおつゆが出てくるようにね……」

体液をエネルギー源として生き、穴という穴に潜りたくなる習性のスライムは、わたしのえっちな行為を見て段々と興奮してきたようだ。

「なんて美味しそうな……ぬるぬるとして、溢れそうなほど……もっと、もっと……」

「あっ、アドエルは触ったらダメ！」

「ちょっとだけなら、ね、ああ可愛い、ミナミ、すごく可愛いね……」

「あ、あ、あん、あん、やあん」

我慢できなくなったのか、アドエルの指がわたしの中に入ってきた。出し入れされると、こぽこぽと恥ずかしい液体が出てきてしまう。

「やめ、やら、指入れちゃ、ああん、もう」

「ああもうわたしが我慢できないっ！」

アドエルが叫んだ。

「きゃあああっ、そんな風に舐めちゃダメーっ！」

「ん、ごめん、ちょっとだけ、ちょっとだけだから舐めさせて、んっ！」

「あああああーっ！」

アドエルが襲い掛かってきて、びちょびちょに濡れたあそこに舌を突っ込んで舐め回す。奥のほうからわたしの恥ずかしい液を引き出し、唇をつけて吸い上げる。

「……一週間も会えないんだから、ちょっとだけお願い……」

「や、ら、らめ、イっちゃう、イっちゃうから、あああーっ！」

絶頂に押し上げられてしまった。


「……ほんとにもう、アドエルの、ばか」

「うん、ばかです。ごめんなさい」

顔をべちゃべちゃにした彼を引き剝《は》がしたのは、30分くらい経ってからだった。その間、わたしは何度もイカされて、すっかり疲れてしまった。もうここが限界である。息も絶え絶えのわたしは、本来の目的であるオリハルコンの転移キーを手に取る。

うう、何度みても禍々《まがまが》しいけれど、今なら余裕で入る気がするわ……。

「じゃ、入れるね」

おそるおそる股間に当てる。十分濡れて軟らかくなったそこは、何の問題もなくご神体パワーアップバージョンを飲み込んでいく。

「あんんんっ」

恥ずかしいのでガマンしたいのに、声が漏れてしまう。

「は、入った」

「……………」

アドエルがそこをじっと見ている。本当に恥ずかしいんだから、やめて欲しい。

「じゃあ、動かすから」

わたしがそれを両手で摑み、中から引き出す。ずるずると引っ張られながら、それはわたしの中をぐりぐりとこすっていく。

「はああああん」

快感に手が緩むと、それは再びわたしの中へともぐりこんで行く。

「あふうん！」

もう一度。繰り返すたびに快感が募る。息がどんどん荒くなり、全身が真っ赤に染まってしまう。

そんなわたしをアドエルは鼻息を荒くしながらも黙って見ていたけど、とうとう我慢できなくなったらしく、自分の張り詰めたものを取り出した。

「ごめんねミナミ、つらいよ」

わたしが偽の男根を何度も抜き差しするのを見ながら、彼は自分のものをしごいていた。

「アドエル、あん、あっ、あっ、イく、わたし、イっちゃう」

「わたしも一緒に、ミナミ、ああっ！」

目の前が真っ白になるほどの快感に捉えられ、わたしはアドエルに見られながら達してしまった。


「……見慣れた天井だ……帰ってきた……」

わたしは自分の部屋で仰向けに寝転び、荒い息をしていた。ラグに横になったわたしの足の間には、まだがんばっている異世界転移キーがもぞもぞと動いている。

「も、いいから、動かない！　ストーップ！」

身体がぐったりして力が入らないが、このままにしておくとまたイってしまう恐れがあるので、まずは股間から卑猥な転移キーを抜く。なにもせずにまた魔界に戻ってしまったら、シャレにならない。

「ああんっ！」

抜いた刺激で思わず声が出てしまい、恥ずかしい思いをする。そして自分の身体を見て、もうひとつ今度は色気のない「うおっ」という声を上げる。

「やだ！　これって……アドエルの……」

うわー、綺麗な顔を赤らめながら「わたしも一緒に！」とかなんとか言ってたもんね、あのエロスライム王子は！　無駄にかっこいいから、本当に残念だよ！

おかげで『こんな素敵な王子様とわたしが釣り合うのかしら？』なんて悩みがこれっぽっちも出てこないもんね。

そんなおバカなところ、嫌いじゃないけどね。

そう、わたしの下腹部にべったりとついている白いドロドロは、アドエルの放った精だった。

まったく、なんつーお土産を持たせるのよ……。

ぶつぶつ文句を言いながらティッシュの箱を引っ張り寄せてそれを拭き取り、ご神体を拭いたティッシュと一緒に、近く似合ったビニール袋に入れてしっかり口を縛る。

うん、密封密封！

そして、このままだと腰に力が入らず何もできそうにないので、ウエストにつけたかばんから瓶入りの回復ポーションを取り出して一気にあおる。

おお、たちまちみなぎるパワー。

相変わらす素敵な働きだ。スライム王子の彼女には必需品の、回復ポーションは裏切らない。

「ええと、とりあえずシャワーを浴びようっと」

わたしはしゃきんと背を伸ばし、世界を移った時と全然変わらない部屋で立ち上がった。

両親は、当たり前だけど、驚いていた。真面目な大学生をしていたはずの娘が突然帰郷し『自分は石油と宝石を産出している某国の王族だが、旅行中に美南を見初めたためぜひ結婚したい。幸せにする。遠いため日本に会いにいけないし嫁にもらったらなかなか会えないかもしれないが、まめに手紙や写真を送るから勘弁して欲しい』という手紙を、魔法で作成した二人のラブラブツーショットアルバム付きで読み上げたら、そりゃ驚くよね。（自家用ジェットで彼の国に行ったことになっているのだ）

しかも、アドエルが英語でペラペラと『いかにミナミを愛しているか』を語った動画付きだよ。なんと、王宮の玉座に座ったスライム国王と、王妃様も特別に出演（魔法ですこーし老けてくれたが、ハリウッドスターも逃げ出す美中年夫婦である）してるよ。

最初はなにかの冗談かと思ったらしい両親も、身体にくくりつけて持ってきた結納金がわりの宝石と金貨を出したら、顔面を蒼白にして「……マジか……」と呟いちゃってたよ。

7桁はくだらないような価格の宝石類をじゃらっと渡されたら、さらにずっしり重い金貨の袋とかを手渡されたら、そりゃもうどうしていいかわからなくなるよね。

親切なわたしは、宝石をしまっておくために父名義で銀行の貸金庫を借りてあげたよ。だって、家に総額うん千万円のネックレスやらブローチやら指輪やらがあったら、落ち着いて寝ることもできないって訴えられたから。贈り物の中に光を反射してキラキラ光る素敵な一輪挿しがあったから、リビングのテーブルに置いてみたら、妙に馴染《なじ》んでいたからそれは使っているけれどね。だってなんか、うちにあると本物の宝石には見えないんだよね……庶民の家ってすごいね。

「誰かに見られたら、クリスタルガラスでデコってあるって言うわ」

気に入ったらしく、母がいい笑顔で言い切っていたから、よしとしよう。

あ、金貨も試しに10枚ばかり売ってみたよ。異世界の金貨だから地金の価格だったけど、1枚20万円くらいで売れた。結構たくさんかばんに入れてきたから「ちょっとずつ売って使ってね」とそのまま貸金庫に置いてきた。アドエルが、足りなかったらいつでも追加するって言ってたからそれを伝えたら、両親は「……結婚詐欺じゃないな……むしろ、うちが詐欺をしてるような気分になる……王族ってやつはすごいな……」と口をぽかんとあけていた。

わたしが玉の輿に乗ったから、これで老後も大丈夫だね！

「ミナミに王子様、か。ねえ……本人にどうしても会えないの？」

当然のことながら、父も母もアドエルに会いたがった。でも、異世界の王子様なんだよねー。

実は、アドエルと話し合って、両親には少しずつ本当のことを伝えていこうと決めてある。今はまだ、いろいろと消化するものが多すぎるから、少しずつね。

「一度来られるといいんだけどね。それもちょっと彼に相談してみるよ。ごめんね、急にこんなことになって驚かせちゃって」

「謝ることはないわよ。運命ってそういうものじゃない？　確かに驚いたけどね、美南が幸せになるならそれでいいの。向こうのご両親はどうおっしゃってるの？」

「もちろん大歓迎してくれてるよ。えーと、これこれ！　アドエルの両親からお父さんとお母さんにって、香水を預かってきたんだ。夫婦円満の香水なんだって」

わたしはかばんから、クリスタルでできた輝く香水の瓶を出して渡した。

すいません、若干媚薬寄りのやつです！　『うちの両親限定で有効』縛りの魔法がかかってるので、効き目もばっちり強化されてます。しかも、病気を寄せつけません。心身ともに健康で、夫婦でさらに仲良くなって、わたしのことはごまかされてください。えへへ。

「向こうのご両親は、ふたりともわたしのことを気に入ってくれてすごく歓迎してくれてるのはもちろんだけどね、あとね、弟さんが二人いるんだ。で、それぞれにお嫁さんと婚約者がいて、その子たちとも仲良しになったの。タニアとナンシーっていうんだ。ふたりとも歳下なんだけど、しっかりしてるんだよね。王家の仕事については、彼女たちが教えてくれるんだよ。わたしも王家の一員として、もう仕事がたくさん用意されてるから、子どもができるまではバリバリ働くつもり！」

「お、王家！　美南が王族ってこと!?」

「うん、もちろん。王家に嫁ぐんだもん」

「で、だ、大丈夫なのか？」

「わたしは向いてるっていわれたよー、えへへー」

心配する両親に、のんきに笑った。

「……確かに、美南は環境の変化に強いし」

「……神経が太いからな」

「……変にタフだしね」

ちょっとちょっと、もっと愛娘を褒めようか！

まだ『魔界』にお嫁入りすることは内緒なので、いろいろと小細工をしたから胡散《うさん》臭いところがあったにもかかわらず、両親は納得してくれた。

たぶん、嘘に混じった真実を親の愛で感じ取ってくれたんじゃないかな。

なーんてね。


そして、わたしは学校に行って休学の手続きをして、ロッカーにある荷物をまとめた。大学をやめるのは本当に残念だけど、アドエルと結婚しながら日本で学生を続けるのは難しい。それに、わたしは魔界王家の一員として勉強をしながらでいいから、さっそく公務にもついて欲しいと言われているから、あきらめて社会人デビューするわ。

荷物を抱えながら、そのままサークルの部室の私物を取りに行く。たいしたものが残ってなかったから、行かなければよかったと後で思ったんだけど……。

そう、そこで会いたくなかった人物と遭遇してしまったのだ。

わたしの元彼と。

「あれ、美南じゃん。なにやってんの？　どうしたの、その荷物？」

彼は、わたしの姿を見て軽ーく言った。

「サークルをやめるの？　それって、俺の責任じゃないよね」

……無責任男なわけね。なんでこんなのとつきあっちゃったんだろう？

わたしは内心のむかつきを抑えて、さらっと言った。

「ちょっと事情があって、学校をしばらく休学するの。このままやめちゃうと思うし、たぶんもう会うこともないから。じゃあね」

「おい、待てよ」

急いで離れたかったのに、腕をぐいっとつかまれてしまう。

「彼氏に向かってその態度はないんじゃないの？」

浮気男に、わたしは声を荒げた。

「誰が彼氏よ！　わたしたちもう別れたでしょ、新しい彼女がいるじゃない」

「あいつとはもうつきあってねーから。ギャーギャーうるさい女だから、縁を切ったんだよ。美南のほうが全然いい女だし、俺の本命は美南だって再確認したからさ、元に戻ろうよ」

「あんたってサイテーだね。ギャーギャー言われるようなことをその子にやったんじゃないの？」

どうやら図星だったようで、彼が目を逸らしたので、わたしはつかんだ手を振り払った。

「もう終わってるから。じゃ」

「待てって！　俺の彼女はお前なんだよ。なあ、拗《す》ねてないで機嫌を直せよ、俺が悪かったよ」

また腕をつかまれた。しつこい男だ。

「浮気な男は嫌いなの。生理的に無理だから。離して」

最悪な元彼は、そこでわたしのことをまじまじと見て言った。

「……お前、やっぱなんか色っぽくなってねえ？　久々に会ったらなんだかすげー綺麗になってるし……いい匂いがするし」

「やめてよ、気持ち悪い」

アドエルとつきあって、わたしは変わっていた。元彼はそれに気づいて、顔を赤くして笑いかけてきた。

「めっちゃいい感じで、惚れ直した」

キモい。そしてヤバい。これはヤバい展開だ。この時間は部室に来る人はほとんどいない。腕をつかむ元彼を振りほどけなくて、わたしは焦る。

「お断りよ、はなしてってば、あっ！」

必死で暴れたら、なんとトートバッグからころんとご神体が落ちてしまった。家に置いておくと不安だから持ち歩いていたんだけど、それが裏目に出てしまったようだが……バッグの奥のほうに隠してあったのに、なんででてきたんだろう？

「……なんだよ、これ」

元彼はわたしをはなして、ご神体を拾ってしまった。

「返してよ」

元彼の目がぎらりと光った。

「お前、すごいもん持ってんじゃん。へえ、これでひとりでヤッてたわけか。なるほどな、それでこんなに色っぽくなったんだ」

元彼は大事な転移キーを拾い、しげしげと見ていた。口元にはいやらしい笑いが浮かんでいる。が、やがて口元が引きつった。「ちょっとでかくね？」と呟いている。

わたしは急いでそれを取り上げようとしたけど、ひょいと持ち上げられるともう届かない。

「ちょっと、いいから返してよ」

「いいじゃん、見せてくれたって。なんなら、使ってるところを見せてくんない？　あと、こんなに大きいのを使うと、ガバガバになるぞ？　大丈夫か？」

「余計なお世話よ！」

元彼は下品に笑った。

ムカッとしたわたしは、部室にある椅子で滅多打ちにして取り上げてやろうか、なんならテーブルをぶん投げてやろうか、などと思った。

あらら、魔界にいたから血の気が多くなっちゃったかな？

「あなたには関係ないものです。もうわたしたちは付き合ってないし、赤の他人なんだから、人のものを取ったら犯罪です」

「へえ、おまわりさんにでも訴えんの？　わたしの大事なバイブを盗まれました〜、取り返してくださいい〜って」

大事だけど断じてバイブではない！

それに、使用目的が違う！

わたしのことを馬鹿にしきった男は、顔に笑いを張り付かせたまま言った。

「さては、欲求不満で身体がうずいているな？　素直になれよ、俺が慰めてやるから」

「ふざけな……やめて！」

いきなり抱きすくめて、床に押し倒してきた。硬い床が背中に当たって痛いのに、体重をかけてくる。

「これを使ってやるよ。ひとりで開発したんだろ？　俺が気持ちよくしてやるからな」

「やだ、やめてってば、離して！」

こんなことなら、早めに椅子かテーブルで殴り倒しておくんだった！　わたしがいくら暴れても、男の力にはかなわない。ここが魔界だったら、金のハートを使えたのに！

スカートの中に手を突っ込まれ、下着を剝《は》ぎ取られる。丸めて小さな布切れになったそれを口に突っ込まれた。

「大声を出すなよ、誰かに聞かれると困るだろ……乱暴にしたくないんだから、暴れるなよ。美南、大人しく俺とよりを戻せよ。な？」

わたしはぶんぶんと頭を振った。これは完全にレイプだ。

「ちょっとヤれば、また仲良くできるよ。ほら……」

上半身の服を剝ぎ取られ、乳房を揉まれるが、ただ気持ちが悪いだけ。好きでもない男に触られても全然感じないし、濡れない。散々人の身体を触りまくって、わたしのあそこを確認した男は舌打ちをした。

「なんだよ、全然開発できてないじゃん！　ほんとに感度が悪い女だな。全然濡れてないじゃんか。これじゃあ入れたこっちが気持ちよくねえよ」

最低、こいつの本性マジ最低！

そして、えっちテクも最低のへたっくそ！

あーもう、なんでこんな男と付き合っちゃったんだろう。去年のわたしはほんとに馬鹿だったよ。

「それとも、これを突っ込むと気持ちよくなるのかな。使い慣れてんだろ」

「んんっ、んーっ」

「そうか、入れて欲しいか」

元彼は舌なめずりすると、ご神体型転移キーをわたしのあそこにこすりつけてきた。
ヤ、ヤバイ。
それはアドエルの形。

アドエルと同じ形のものだと思うと、身体が条件反射で感じてきてしまう。

「んんんんーっ！」

「なんだよ、マジで感じてきてんの？　お前、淫乱の変態女だったんだな、こんなおもちゃで気持ちよくなりやがって」

だめだ、こんなヤツにされて濡れちゃだめ！

わたしはこんなヤツのものじゃない。

涙が溢れてくる。

「なんだよ、気持ちいいくせに。俺よりバイブが好きなのか……なんだこれ？　手が勝手に、なんだよ、うわあ！」

彼は変な声を上げて、手を振り回し「離れない！　うわあ！」と叫んだ。

「手が、手が勝手に動く！」

濡れ始めたとはいえまだ充分じゃないあそこに、元彼はご神体を突っ込んできた。肉が引きつれて痛い。

「んんっ！」

痛いってば！

わたしは身をよじった。

「俺がやってるんじゃないからな！　こんなでっかいのが入るわけ……うわあ、ぐねぐね動き始めたぞ！　スイッチがオートで入るのか。お前、すごいもんを持ってたんだな、こんなバイブ、初めて知ったぞ。ほら、もっと足を開けよ」

「ん！　んんーっ」

無理やりに入ってくる。その痛さに涙を流しながら、アドエルはいつもどれだけわたしを柔らかくほぐしてくれていたかを改めて感じた。

無理やりでも、入ってしまえばそれはキーの役割を果たそうとする。そして、ご神体のパワーなのか、アドエルの形だからなのか、わたしは段々と感じてきてしまう。そこが充分潤ってきたので、気をよくした元彼は面白がってご神体を出し入れし始めた。

「ははっ、濡れてきた、スケベ汁が溢れてきたぞ。そうか、美南にはこういうのを用意してやればよかったんだな。気持ちいいんだろう、なあ」

元彼にされるのは嫌なのに、身体は慣れた形に反応してしまい、ご神体を飲み込み、いやらしい液体を分泌してしまう。

「ぐちゅぐちゅいってる、ほら、気持ちいいだろ、ほら」

いやだ、こんな男の手でなんかイキたくない。

なのに、身体はアドエルの形をくわえ込んできゅんと締め付け、快感を覚えてしまう。

「んんんんっ、んっんっ」

鼻にかかった声が漏れてしまい、それがわかった元彼は興奮しながら激しく出し入れした。ぐちゅん、ぐちゅん、とリズミカルに恥ずかしい水音が部室内に響く。

「気持ちいいくせに。ここをこんなにびしょびしょにして、この淫乱女。ほら、もうイけよ、こうしてやる、イけーっ！」

「んんんんんんーっ！！！」

子宮口にぐりぐりとご神体を押し付けられ、わたしは強い快感に襲われてしまう。好きでもない男にあそこを刺激され、身体をのけぞらせてそのままイッてしまった。

目の前が真っ白になる……。


「ミナミ、お帰り……これは!?」

目をあけると、アドエルがいた。

わたしはサークルの部室にいたそのままの姿で、口の中に下着をつっこまれたままだ。乱暴に剥ぎ取られた服の残骸《ざんがい》が身体に絡んでいる。

「なんて酷い！」

アドエルが口から布の塊を取り出して、わたしの身体を改めた。

腕は、元彼に強く摑まれたところが青あざになっている。暴れてあちこちにぶつけたのか、いろんなところが痛い。そして、股間に転移キーを無理やり押し込んだせいで傷がついたらしく、血が流れていた。

「血が……なぜ、こんな……」

「あ、あ……あ」

口から布を取り出されたので喋ろうとしたのに、うまく声が出ない。身体ががくがく震える。

「あ、あど……え……」

「ミナミ」

「ああっ、うわあああああっ、あああああーっ！」

半狂乱になって叫びだしたわたしを、アドエルが抱きしめた。かぎ慣れた薔薇のような香りが、アドエルからする。

「いやあああああ、いやあああ、やだあああああーっ」

「ミナミ、わたしがいる、アドエルだよ、わかる？　もうミナミを傷つけさせたりしないからね、大丈夫」

「アド、アドエル、アドエル、アドエル、あああああーっ」

わたしは、彼の着ている白いシャツがぐしゃぐしゃになるほどつかんで、しがみついた。

「アドエル、アドエルが、いる、いる」

「そう、アドエルだ。もう大丈夫だよ。ミナミのことはわたしが守るからね」

「アドエル……怖かった、わたし、わたし、嫌だった、嫌だったのおっっ！」

あんなヤツに犯されてしまうところだった。

力づくで押し倒されて、抵抗してもかなわなくて、なにもできなくて。

触られるのも嫌だったのに、無理やりイかされてしまった。

怖い。

悔しい。

怖い。

何もできなかった自分が悔しい。

元彼が憎い。

憎い。

「アドエル、あいつを」

「ミナミ？」

「あいつを……」

殺して。

許さない、絶対に許さない。

殺して。

……殺す。

あれは、わたしが、殺す。

胸の中でドロドロに渦巻いていた黒い感情が爆発して、わたしは絶叫し、子どものようにわあわあ泣き続けた。

「かわいそうに……」

そんなわたしが落ち着くまで、アドエルはわたしを抱きしめて、「大丈夫、怖くない、もう大丈夫だからね」と根気強く言い続けた。

「大丈夫だからね、ミナミはなにもしなくていいよ。なにもね……」


「ミナミ、お湯加減はどう？」

「ん……」

わたしはアドエルの手でお風呂に入れられていた。回復ポーションを飲ませてもらい、身体の傷は消えたけれど、レイプ未遂に逢ったことで精神的に参ってしまって身体に力が入らない。

わたしの身体が汚くなっちゃった。

そう無意識に呟いた声を聴いて、アドエルはお風呂の準備をしてくれた。

「わたしが洗ってあげるから大丈夫だよ。スライムは、女の子を綺麗にするのがとても上手なんだからね」

「……え？」

「つるんつるんのピッカピカにしてあげるよ！　任せて！」

鼻歌交じりにお湯を張り、今日も麗しい王子様は腕まくりをして笑顔でウインクをする。

いや、『汚くなった』って、そういう意味ではないんだけど……ね。

変な『わたしのミナミを洗う歌』まで口ずさんでいるアドエルを見ていたら、不思議となんだか半分くらいはどうでもよくなってきて、くすっと笑ってしまった。

彼は泡立てた石鹸でわたしの身体と髪をゆっくり洗ってくれた。

「ミナミは綺麗だよ。大丈夫、綺麗で素敵で、とびきりの女の子で、わたしのお嫁さんなんだ……ああ、可愛いなあ、わたしのミナミ、愛してる」

はじめ、触られるとびくっと身体を強張らせてしまったけれど、アドエルの優しい手でやわやわと丁寧に洗われていくうちにだんだん力が抜けていき、反動なのか今や完全に脱力状態だ。

薔薇の花びらが浮いた浴槽で、背中をアドエルに預けてぬるめのお湯に浸かる。彼の腕がぎゅうっとわたしを抱きしめると、安心したため息が出てくる。

「怖かったね。もう大丈夫。わたしがミナミを守るからね」

「……わたし、綺麗？」

「うん、とても綺麗」

「本当に？」

「うん、本当に。ミナミは綺麗だよ。わたしの大事なお嫁さんだ。毎日毎日お風呂に入れて洗ってあげるからね。いつもピッカピカの女の子だよ」

何があったのか、まだアドエルは知らない。けれど、わたしを落ち着かせるために、『綺麗』『可愛い』『愛してる』そんな言葉を繰り返し囁いている。

お風呂からあがると、わたしをタオルで包んだアドエルはそっとベッドに運び、自分は服を着てから横に添い寝し、ぎゅっと抱きしめる。傷だらけになったわたしの姿をみて、何があったか薄々気づいているのだろう。彼は妙ないたずらをすることもなく、ただただわたしを甘やかす。

「ミナミが戻ってきて、本当によかった」

いろいろ知りたいだろうに、わたしを問いただすこともしないで抱きしめて髪を撫でてくれる。髪や額や頰に軽いキスをくれる。

「今日はこのままおやすみ」

額にもうひとつ、ちゅっと音をたててキスをする。彼から漂ってくるかぎ慣れた薔薇の香りを吸いこんでわたしは安心する。

「どんなミナミでも、わたしは大好きだよ。ミナミのすべてを愛してるからね」

ああ、こんなにも安心できる人は、心を任せられる人は、どこの世界にも、アドエル以外はいない。彼は、気がついたらわたしの一番大切な人になっていたんだ。

どうしよう、大好き。

ずっと一緒にいたい。

「おやすみ、ミナミ。愛してる」

そのまま彼のぬくもりと薔薇の香りに包まれて、わたしは眠ってしまった。

翌朝、わたしはお腹がすいていた。昨日はまったく食欲がなかったというのに。かなり心の傷が回復してきたみたい。アドエルは今朝も麗しく微笑み、わたしに簡単なドレスを着せてくれた。そのまま抱き上げテーブルに行く。そして、しばらくご無沙汰だった、アドエルの膝の上で、食事をとる。

ええ、もちろんあーん付きですとも！

「アドエル、仕事は大丈夫なの？」

お腹がいっぱいになって満足したところで、わたしは尋ねた。アドエルは嬉しそうにわたしの口の周りを指で拭い、それを自分の口に入れる。それでは足りないと見えて、今度は舌でわたしの唇をぺろりと舐めた。くすぐったくて、びくりと身を震わせると、アドエルはそれ以上は何もしなかった。

「……仕事のほうは、おおよそのところは片付けてしまってあるから、今日は一日中一緒にいても何も問題はないよ」

「そう……」

食事が終わると、わたしはそっとベッドに戻される。身体のどこにも怪我や不調は残っていない。

「アドエル……」

「何？」

「ぎゅっとして」

にっこりと笑い、彼はベッドの上に座ってわたしを膝に乗せ、抱き込んだ。わたしはその体勢のまま、顔を彼のシャツに埋めて、向こうの世界で何があったかをぽつぽつと話した。


「……その男、許さない……」

「アドエル、落ち着い……て……」

いや、落ち着けるわけがないね！

彼の背中から立ち上る、凄まじい怒りのオーラ。

いや、ほんとに見えるのよ、青みがかった銀色のもやが、ゆらゆらと上っていくのが。

あれは絶対零度に違いない。あの中に割り箸を刺したバナナを突っ込んだら、凍りバナナができるわ、きっと。

いやー、魔物ってすごいね！

アドエルに話したことでなんとなくすっきりしたわたしは、そんなことを頭の片隅で考える。

でも、冗談でごまかさずにいられないほど、アドエルは恐ろしかった。瞳が血のように真っ赤に染まり、わたしがしっかりとしがみついていなかったら、すぐに元彼のところに行って惨殺してしまいそうな気がする。

「落ち着いて。無理かもしれないけど、いったん落ち着いて。ねえ、アドエルのおかげでわたしは大丈夫だから」

「……腐れ外道め、許さん。八つ裂きにしてくれる」

「ちょ、物騒《ぶっそう》なことを」

「生きたまま全身の皮を溶かして」

「やめて、スプラッターは苦手なの！」

「穴という穴から触手を突っ込み、身体を裏返して」

「気持ち悪い！　それ、想像したくない！」

「ゆっくりと端から身体を溶かして、最後まで失神させないようにして」

「やめてえええええええ」

「死んだほうがましだと思うような目に合わせてやる」

「そこんとこはちょっと同意。だけど、ちょっとだけなの！　惨殺するのはやめてーっ！」

この人、脅しじゃなくて、全部本気で言ってるからね。

エロくて美形で残念な変態王子の姿に騙《だま》されてたけど。

スライムで吸血鬼だから！

今宣言したこと、実行できちゃうから！

でも、婚約者が元彼を惨殺とか、わたしはそういうシチュエーションは要らないです。

本気で怒っているアドエルをどう止めたらいいの？

魔力が暴走したら誰にも止められないって言われてる、強大な力を持つ魔物の王子を？

彼が本気を出したら下手するとわたしのいた世界ごと滅ぼしかねない……そんな気がする。あっちには大切な人だって暮らしているのだ。ここは、なんとかして正気になってもらわなければならない。

「ねえ、アドエル、あなたにお願いがあるの」

「……………」

「あのね、あのね……あいつに触られたところを、全部アドエルが触りなおして綺麗にしてくれない？」

「……あの男に触られたところ……」

赤い瞳がぎらりと光って、少し怖かったけれど、わたしはあざとくこてんと頭を倒して言ってみた。

「昨日アドエルに洗ってもらったけど、やっぱり足りない気がするの。ね、だめ？　……わたしはもう汚くなっちゃった？」

怖くてちょっぴり涙目になっちゃったのを利用して、そのまま上目遣いで見上げる。全身から怒りを噴き出す魔物に、通じるか、色仕掛け！　坂田美南20歳、生まれて初めての色仕掛け！

『いかにも魔物』っていう感じで迫力のあるアドエルの顔に、隙ができた。

「……ミナミ……ミナミは全然汚くなんかない！　どこも全部綺麗だ！」

アドエルの瞳が緑に戻った。

おお、通じたようだ！

わたし、グッジョブ！

「触られたところも触られてないところも、全部わたしが触りなおす！」

え？

そこまでしていただかなくても結構なんですけど？

触られたところで充分……ですよ？

ヤバ、変なスイッチがはいっちゃった？

「ミナミ、全部全部全部ぜえええええーんぶ、愛している！」

スライム王子の服が、ビリビリに破けて消え去った！

「あっ、まって、やあん！」

彼の背中から現れた触手が、わたしのドレスもビリビリに破いて取り去った！

そのまま、全身どこもかしこも濃厚に触られた上に体液をむさぼられ、中にアドエルの本物を入れられてしまったわたしは、声が出なくなるまで喘がされてしまったのだった。

「じゃあ、わたしが向こうに戻るとしたら、あの続きになっちゃうの!?　それは変えられないの？」

「残念ながら変えられないんだ」

「………」

アドエルに散々可愛がられてぐったりとベッドに横たわっていたわたしは、回復ポーションを飲まされてから、衝撃的なことを伝えられた。そして、絶句した。異世界転移はとても難しいことなので、厳しいルールに縛られている。アドエルの魔力でいくらかのルールを変えることはできるけど、どうしても無理なことがある。それは、転移した場所に必ず戻るということ。

もしも違うところに帰りたかったら、転移をする前にアドエルがその旨を設定する必要があったのだ。けれど、今回は何もせずに部室から転移してしまった。

ということで、わたしが選べる選択肢はふたつ。

あの時間と場所に戻るか。

二度と向こうに戻らないか。

あの時間と場所……それはつまり、レイプ未遂の続きに戻るということ。

「い、いやだ、絶対に無理」

がたがた震えるわたしを、アドエルが抱きこむ。

「ミナミ、落ち着いて。戻らなくていいんだよ。ずっとここにいればいい」

「でも……このままだといろいろな手配が終わってないし、わたしは大学で失踪したことになっちゃうでしょ？　いろんな人に迷惑をかけるし、お父さんとお母さんがすごく心配するよ」

「……困ったな……わたしはその男に二度とミナミを触らせるつもりなどないし、ミナミに辛い思いをさせたくない……けれど、変えることはできない……」

アドエルは目をつぶり、わたしの頭に顔を押し付け、匂いを嗅いだ。

精神集中……してるのかな？　でも、なぜ嗅ぐ？

「ミナミが戻る場所と時間は変えられない。けれど服装や持ち物は変えられる。ならば、わたしがミナミに持っていかれたとしたら？　それならばミナミをこの手で守ることができるよ」

アドエルを持っていく？　彼も一緒に来てくれる？

「そうだ、それならばついでに不埒《ふらち》な男に目にもの見せてやることができるな……」

ちょっとイっちゃってる感じにふふふと笑うアドエルさん、マジ怖いです。

ちびっちゃいそうです。

涙目になって震えるわたしを見て、彼はぞっとする笑顔に凄惨な色気を加えた。

「ミナミ、いい子だね。悪い狼にわたしがお仕置きをしてあげるから、楽しみにしておいで。スライムの特別なお仕置きだよ……」

ひいいいいいいい、それ、楽しくない！　怖いから！

10 君といつまでも

それから、アドエルが確実にわたしと一緒に異世界トリップできるように、彼は本をひっくり返したり何かをお試し転送したりと熱心に魔法の研究を始めた。

タニアに、アドエルがこんなことをしていたら、国の仕事に支障が出ないのかを聞いてみたら、「どっちにしろ、この件に片がつくまで殿下は使い物にならないだろうから、みんな諦めてるわ」と溜め息をつかれた。わたしがいない間のアドエルは、意味もなくそわそわしていて、いつもの一割くらいしか使えなかったとか。

そしてタニアは「ミナミに乱暴を働いた奴を持ち帰ってきてもよろしくてよ？　わたくしがナイフのあらゆる使い方を実践して見せるための実験台に、ちょうどよさそうですもの」と、お上品におほほと笑った。「ねえ、ミナミもわたしのナイフ捌《さば》きを見たいでしょ？　ね？」とお目目をキラキラさせたタニアは、妖精のようにあどけない表情で、可愛いだけに怖かったよ。

わたしは、あの事件の最中の部室に戻るのは正直怖くて嫌だったけど、アドエルが日本にやってくるというシチュエーションには萌えたので、なんとかがんばれそうだ。

美形王子の異世界転移だよ！

しかも、アドエルが魔法が使えるままで行けるらしい。

もともとスライム自体が強い魔力を内包している魔族なので、日本で軽く千年は魔法使いとして暮らすことも可能らしい。彼が日本で暮らしたら、きっとリッチなスーパーダーリンになるだろう。

まあ、よく考えたら魔界の次期国王なのだから、こっちのほうがよっぽどスーパーだね！


そんなこんなで準備に3日ばかりかかり、わたしが再び向こうに戻る日がやってきた。

戻るのは当然、わたしに先輩がのしかかっている最中なわけで。

だから、まずはそこから抜け出さなきゃいけないわけで。

結構緊張のシーンだと思うんだけどね……。

アドエルは、オリハルコン製転移キー、命名〝ご神体〟に、アドエルが一緒に行くための魔法を重ねがけをした。わたしがアドエルを向こうに『持ち込む』のと同時に、アドエルを向こうに『トリップさせる』ことで、転移の安全性がより増すことがわかったのだ。

さて、今度はどんな禍々しい形に変形するのやら。

わたしは、ある意味恐怖に震えながらじっと目をこらす。

「……あれ？」

首をかしげるアドエルの前で、それはぶるぶる震えながらふたつに分裂して、ひとつが『普通型アドエルくん』に変わった。そして、もうひとつのオリハルコンが変形してできたものは。

「こ、これは！」

「いっ、いやああああっ、こんなのいやっ、だめ、見ちゃだめえええええっ！！！」

わたしは悲鳴を上げて、それを空中からひったくった。

「ミナミ、いい子だね、それをこっちにちょうだい」

慈愛に満ちた笑みを浮かべたアドエルが、わたしに手を差し出していった。

「わたしのための転移キーだね。うん、なんだか納得した」

「ダメ！　納得できないよ、こんなの使えない！」

「わたしは喜んで使うつもりだよ」

「いやあああ！　喜ばないでよ変態ーっ！」

「じゃあ、あー、仕方がないなー、でも、わたしが日本に行くためには必要だなー、仕方がないから使うかなー、はいちょうだい」

「喜びが隠せてないよー」

なんと、新しく現れたのは（おそらく、いや、間違いなく）わたしの『あそこ』と同じ形をした転移キーその2、であった。


3日前にこちらに戻って来た時にわたしが持ってきたのは、身体にひっかかったぼろぼろの服と、口の中の下着だけだった。そこで、今回持っていく荷物は、まずは二人の着替えと靴だ。今回は大学の部室に転移するから、下半身がすっぽんぽんのままではまずいのだ。荷物はすべてバッグにつめて、わたしの腰に結びつける。

アドエルは素早く動けるように手ぶらだ。わたしたちは、それぞれ白いシンプルなロングシャツを着た。よし、これで準備ＯＫ。出発点は、アドエルのベッドだ。

「ねえアドエル、どうしてもこれをやらなくちゃだめなのかな」

「だめ。ふたりで同時にイかないと」

「でも……めちゃくちゃ恥ずかしいよ」

わたしがもじもじすると、アドエルがハアハアした。

「……可愛い！　いっぱい恥ずかしくしてあげる！」

「やだってばっ！　変態！」

途中まではね、普通の着衣えっちで大丈夫。でも、転移のためにはご神体〝アドエルくん〟と〝ミナミちゃん〟（ああ、恥ずかしい仮名！）を二人そろって使って、同時にイく必要があるらしい。

「大丈夫、心配はいらないよ。愛し合うわたしたちならば絶対にできるからね。ほら、わたしの上に乗ってごらん。そう、足を開いてまたがるんだよ……ほら、開いて……こ、これは……うん、十分濡れている、ね」

アドエルの息づかいが、ハアハアハアハアと益々荒いものに変わった。

ううう、恥ずかしい。変態スライムがわたしの大切なところを見て興奮しているのだ。恥ずかしいのに、なんだかきゅんきゅん感じてしまうのが余計に恥ずかしい。

「じゃ、じゃあ、ミナミのここを、ちょっと舐めちゃおうかな」

「ひゃん！」

ぴちょりと舌を入れられ、敏感になっている恥ずかしい場所がきゅっと締まる。

現在わたしは、ベッドに横たわったアドエルの、頭のほうに足がくるようにして四つんばいになっている。そう、口に出すのも恥ずかしい、シックスナインという状態になっているのだ。

精神削られます！

自分が上だとなんでこんなに恥ずかしいの!?

「いいの？　ミナミはわたしにえっちな穴を舐められて、感じちゃってるの？」

「あ、あん、も、やめて」

「いやらしい穴だな。お仕置きをしなくちゃね」

「あつ、ああーっ、お仕置きはいやあっ」

恥ずかしい場所をくりくりと舌先で責められて、わたしは鳴き声をあげて腰を振った。

「これじゃあすぐにイっちゃいそうだね。じゃあ転移キーを入れるよ、ミナミ」

「うん、入れて」

「うくうっ、無念だな！　本当はわたしのを入れたいのに！　こんなおもちゃよりも、わたしのモノを！　ミナミの熱く濡れたいやらしい穴に！」

悔しそうに言うアドエルの手でオリハルコンの転移キーが押し当てられると、それはわたしの中にズブズブと沈んでいった。

「ん……ああーっ！」

わたしは快感で背中をのけぞらせた。不思議な金属でできた卑猥なキーはわたしの中で蠢いて、感じやすいところをくにくにとこすって攻めてくる。卑猥な棒をアドエルがジュポジュポと音を立てて出し入れし、わたしは高まってイきそうになってしまう。

「や、も、そんなに動かさないで、もうイっちゃう」

「こんなに可愛らしく感じて。目の前に美味しそうなおつゆを垂らされると、スライムとしてはたまらない……我慢だ我慢！　よし、それじゃあ、わたしのほうも入れて」

「わ、わかった」

アドエルの鼻息が大事な場所にふんふん当たるのが気になるけれど、わたしはもうひとつの転移キーを構えようとした。

「あ、ふうっ！　はあん」

わたしの中に埋め込まれたご神体は、普通型とはいえかなりの大きさのものだったので、その圧迫感と中のいいところをこすられる快感で思わず声が出てしまう。でも、今日はそれに溺れるわけにはいかないのだ。

腰が砕けそうになるのをこらえながら、もうひとつの転移キーをすでに屹立しているアドエルのものにかぶせていく。あらかじめ彼が触手から出したローション状のものをたっぷり含ませておいたので、それはスムーズ、かつ、いやらしく、くぷりと彼の固くそびえ立ったものを飲み込んだ。

「んっ、ミナミのにそっくりで気持ちいいよ、はあ」

「あん、中で動いてるう、やあん」

わたしは、アドエルが高まるようにそれを動かして、彼の肉棒をしごいた。

「ああっ、ミナミ、いいよ！」

お互いのモノにそっくりなオモチャでお互いを責める……変態カップルでごめんなさい！

でもね、不可抗力なの！

わたしは必死で快感に飲み込まれないようにし〝ミナミちゃん〟を上下させる。結構な吸引力と絡みつきがあるみたいで、アドエルのものはギンギンに硬くなっている。

わたしはというと、アドエルに〝アドエルくん〟を出し入れされ、自然と腰が揺れてしまいながら愛液を溢れさせてしまう。くぷん、ぐちゅん、と部屋に響く音がまたいやらしい。

「や、あ、アドエル、わたしもうだめ、ほんとに、イっちゃうの、気持ちよくなっちゃったのっ」

「ミナミ、一緒に行こう、わたしもう、イくから、ああっ！」

「あああああーっ‼」

そのとたん、世界が真っ白になった。


「うわあっ！」

男の悲鳴と、重いものが床に叩きつけられる音がした。

目を開けると、部室の床で、わたしはアドエルにまたがっていた。どうやら無事に二人とも転移できたみたいだ。

少し離れた壁際に、元彼が転がっていた。おそらく、わたしひとりがいたスペースにふたりが現れた衝撃で、元彼は勢いよく弾かれたのだろう。

「あんっ」

「うっ」

わたしとアドエルはそれぞれ、自分の身体から転移キーを抜いた。そして、ふたつの転移キーを見て、なんとも言えない気持ちになる。

うわ、両方ともドロドロだね……。

アドエルから転移キーを受け取ったはいいけど、これをどうしてくれよう。とりあえず、目の前に落ちていた部室のティッシュボックスからティッシュを取り出し、キーのまわりに巻きつけてからカバンにしまう。

そして、わたしたちふたりは立ち上がって、元彼を見下ろした。元彼はしばらく床に横たわり、ぶつけた頭を抱えながらうめいていたが、やがて何が起きたのか理解できないようにびっくりした顔でこっちを見た。

そうだよね、誰もいない部室でわたしを襲っていたところに、突然プラチナブロンドに緑の目をした美形男性が現れたんだから。

「……お前がミナミを傷つけた男か」

元彼を見るなり、身体全体から絶対零度のオーラを噴き出し始めたアドエルが言った。さすがは魔界の王子、普段の残念変態とは別人のように迫力のある恐ろしい姿だ。元彼も本能的にヤバいと悟ったのだろう。アドエルを見ながら逃げようとしたが、腰が抜けて立てないようだ。

「な、なんだ、外人!?　どこから現れたんだ？」

「お前を許さない……」

アドエルの瞳が赤く変わり、背中から触手が飛び出した。あっという間に元彼を拘束する。

「ひいいいい、化け物!?」

「さて、お前をどうしてくれよう。その股にぶら下がった汚物をつぶしてしまおうか」

触手が元彼のベルトを外し、ズボンと下着を取り去ると、縮こまった男性自身が現れた。お粗末さま。

「我が伴侶が受けた苦痛と屈辱、倍にして返そう」

「待って、アドエル！」

わたしは彼を制した。怒りに駆られたアドエルを放っておいたら、きっと元彼を惨殺してしまう。憎い元彼だけど、さすがに生きながらドロドロに溶かされるのは見たくない。

「わたしがやるから！」

そう言うと、アドエルがまとう魔力をひと握りもらってハートを作る。そして「目には目を！」と叫んで元彼に投げつけると、元彼はハートを飲み込んだ。

「なんだ、今のは……うわあっ！　え、身体が勝手に……」

服が一瞬でびりびりに破けたので、元彼は声をあげた。そして、その場に四つん這いになり、腰をぐいっと前に出すと同時に「やっ、やめろーっ！」と叫んだ。

「い、痛い、やめろ、やめてくれ」

「……？」

なにをやめて欲しいのか、さっぱりわからない。なので、真っ青になった元彼を観察する。

あ、めっちゃアレが勃ってる。

「痛い、痛い痛い、やめっ、や、あああーっ」

おお、元彼の、そそり立ったアレの先端が消えている！

どうなっているのだろう？

「痛い痛ーっ、痛い痛い痛い、待て、やめ、ぎゃあああああああーっ！」

獣のように四つん這いになっている元彼が、涙を流しながら絶叫し、アドエルが「うるさいな」と触手で破けた服をつかんで、元彼の口に突っ込んだ。

「ぐうううううううううーっ！」

おお、元彼のアレが、根元まで消えてるよ！

いったいどこに消えたんだろう？

いったい……あ。

四つん這いになった、その太ももに血が滴り落ちてきている……ってことは。

「あの先が入ってるのは、もしかして……」

「空間が歪曲《わいきょく》して、あの男の後ろの穴に繋がっているようだね」

これは、まさかの、セルフレイプ状態!?

倍返し効果で、元彼は自分で自分の後ろのあそこに、アレを……。

そりゃ、痛いな！　激痛だな！　大の大人が泣いてもおかしくないな！

「うぐううっ！　ぐふっ、ぐうっ、ううっ、うーっ！」

目と鼻から大量の液体を流しながら、腰を振っている。

こ、これは、酷い！

腰を引くと現れる、元彼の固くそびえ立ったあれは、自分自身の血で真っ赤だ。元彼は泣きながら腰を振り、何度も何度も自分の中を貫いている。

「ひっ」

わたしは両手で口を押さえた。

自分でやっておいてなんだけど、倍返しのハート、怖すぎだわ！

苦痛と恐怖と恥辱で、半ば白目をむきながら、元彼はガンガン腰を振っている。あそこはねじ込まれたもので裂けて、流血している。そこを容赦《ようしゃ》なく、何度も何度も肉棒を突っ込まれて、激しく出し入れされているのだ。あれは、かなり、ものすごーく、痛い。

「うう、ぐうっ、ふがっ、ぐふっ」

うめきながら、涙と鼻水を垂らしながら、元彼は自分を犯している。

「ミナミ……」

引きつった顔のアドエルが、わたしを見て震えていた。さっきまで血の色だった瞳は、いつものグリーンに戻っている、あれ、心なしか、色が薄くなってないか？

「スライムの……魔族の心をも凍りつかせる、ものすごい仕置き……だね……」

声が震えていた。

「ち、違うの！　あれは、ハートが勝手に……」

「ぐっ、うっ、うっ、ぐっ、うううううーっ！」

びくん、びくん、と元彼が身体を痙攣《けいれん》させて、そのまま完全に白目を剝《む》いて倒れ、動かなくなった。どうやら、無理矢理達したと同時に失神したらしい。後ろの穴から、血の混じった白濁が流れた。失神、よね？

「やだ、まさか死んでないよね？」

アドエルが触手で元彼の首に触れ、生死を確かめた。

「いや、肉体は死んではいない。だけど、おそらく、心は死んだ……こいつは二度と男として役に立たないだろう……な……」

やめてアドエル、そんな目でわたしを見ないで！

「いや、その、違っ、もう行こうかアドエル！　さっ、ここには用がないからね、行こ行こ！」

わたしはボロボロの服で横たわる元彼を放置して、カバンから取り出した服で身なりを整え、靴を履き、落としたトートバッグを持って部室を出たのであった。


それから一週間、わたしたちは実家に行って親兄弟に挨拶をしたり（『急遽《きゅうきょ》来日した』王子を見て、家族はそれはもう驚いていた。この話に対して持っていた疑いも、アドエルの王族としての威厳を見て、そしてわたしへの溺愛ぶりを見てなくなったみたい）新居としてタワーマンションのワンフロアを10年先払い契約で借りたり、本格的な準備を行った。

余った時間は異世界観光だ。アドエルは何を見ても興味があるらしく、楽しそうだった。泊まったのは高級ホテルのスイートルーム。まあその、夜とかいろいろあるから実家に泊まるのは避けたし、イチャイチャ優先にしたいということもあって、ひと足お先の新婚旅行代わりをした。

驚く友人たちに別れを告げ、ひと通りの手配が終わったら、お気に入りのものを選んでバッグに詰めて、さあ、転移だ。

方法はもちろん……勘弁して。わたしの精神力はもう0《ゼロ》よ。


そしてわたしたちは王宮の一緒の部屋で暮らし、やがて正式に結婚した。同時にわたしには王妃教育が始まったけど、基本的な学力は日本で身につけていたから、付け加えるのは魔界の一般常識と魔法学、そして魔族たちの関係くらいだったし、マナーやダンスは習い事をしてるようで楽しかった。タニアとナンシーもフォローしてくれて、わたしたち3人プラス現王妃はとても仲良くなり、こりずにわたしに攻撃をしかけてくる魔物の女性たちを策を練っては撃退(そして、下僕化……おっと、お友達化、ね！）するのも面白かった。

アドエルは、とても優しくしてくれる。毎日わたしに愛を囁く。

ただ、全身で伝えてくる愛情を受け止めるのは、回復ポーションの助けがないと難しいけどね。

「ミナミ、愛している。わたしだけのものになって」

「大丈夫よ、アドエル。わたしも愛してるから不安にならないで。お仕事さぼらないでね、やきもち焼いて魔力を暴走させないでねっ、アドエル!?」

執着粘着変態王子は、その麗しい姿と甘い囁きでわたしをむさぼろうと常に狙っている。それをひらりとかわしつつ、次期国王としての務めを果たしてもらう。

タニアやナンシーと愚痴を言い合いながら、それでもわたしたちは幸せなんだと思う。わたしたちに降り注ぐスライム王子たちのまっすぐな愛情は、なんだかんだ言っても皆確かなものだったから。

ただし、変態だけどね！

番外編1
スライムだから仕方がない

わたしの婚約者はスライムである。正確には、スライムと吸血鬼のハーフである。

スライムというのは、どろどろべたべたした流動体のことで、日本では某ゲームのモンスターの代名詞として有名である。

しかし、わたしの婚約者の姿はどろどろべたべたではなく、普段はちゃんと人間の形をしている。精神的な衝撃で、スライム化してしまうことがあるらしいが、今のところ我が婚約者殿は大丈夫そうだ。この国の魔族は人間型になっていることが多い。この型がもともと優性で、安定しているらしいのだ。

義理の父に当たる人も百パーセントスライムなのだが、見た目はスリムな男性である。人間よりお肌がスベツヤなのが特性なのだろうか。けしからん話であると、お顔のお手入れをしながら義理の母になる人が話していた。

ちなみにこの母は吸血鬼で絶世の美女なのだから、それを上回るスライムの美肌、恐るべし。

この話を聞いたスライム夫は「なんだ、愛する妻よ、君は肌を綺麗にしたいのか！　すでに充分美しいと思うのだが……ならばわたしが全身の汚れを取り除いてパックしてあげよう」と言って、意気揚々と妻をさらって行った。そう、スライムは様々なお役立ちな液体を体内で生成することも可能なのだ。吸血鬼妻は連れ去られながらひきつった赤い顔をしていたが、どうやってこの美容術が行われるのか語るのはやめておきたいと思う。

日本にいる時とは比べものにならないほどの白く透明な美肌と、艶やかな黒髪、そして長くて濃いくるんとカーブしたバッサバサのお人形睫毛を手に入れたかったら、ぜひこの魔界に来てスライムとお付き合いをしていただきたい。日本に帰れるかどうかの保証はしないけれどね。

あ、スライムはムダ毛の処理も得意だから、夏が来る前がオススメよ♡

「ああ、ミナミのここは可愛い色をしているね。食べてしまいたいくらいだ」

わたしの婚約者が優しく言った。彼、アドエル・イシュトレート第一王子は、白く透き通った肌にプラチナブロンドの髪、緑の瞳をした麗しき青年だ。だが、その外見を裏切り、中身はお下劣な変態なのだ。夢の中に出てきそうなキラキラ王子様の正体が、実はエロエロの淫夢の主役にふさわしい変態だとは、非常に残念な話である。

「舐めてもいい？　ねえ、ちょっと舌の先で舐めさせてね」

「だめだめ、あ、だめって言ってるのっ！　ああっ、嫌、恥ずかしいからやめて、いやあっ」

「でももう我慢できないよ……」

敏感な場所に、ぬるん、といやらしい刺激を感じた。

「ひゃあああんっ！」

笑みを浮かべたら、どんな美姫もうっとりと夢心地になりそうな美しい唇の間から、ちょろっと舌を伸ばして舐めた先は。

わ　た　し　の　お　し　り　の　あ　な　だ　！

しかも『ちょっと舌の先で』とか言ったくせに、くいくい押し込み、出し入れをしながら段々と深くねじりこませてくる。大嘘つきの魔族である。王家の風上にも置けない次期国王である。いくら超絶美形でも許しがたいな！

彼曰く、スライムは本能的に穴に潜り込むのが好きなんだとか。本当か嘘かわからないが、アドエルはえっちの時にはわたしの恥ずかしい穴という穴を責めてくる。触手や指や舌で、ハアハアと興奮しながら穴をほじくり、もにょもにょと中へと潜り込んで来る。

そして、そんな彼が今楽しそうに取り組んでいるのが、アナルセックス攻略なのだ！

品のない話で申し訳ないが、アドエルの男性自身は非常に立派である。それを普通の人間であるわたしの後部の排泄口に挿入するのは、物理的に不可能だ。しかし彼の話によると、スライムの力を使いながら地道な努力を行えば、時間はかかるもののそれを可能にすることができるそうである。

ちなみに、これらの情報提供者はフリュード第三王子らしい。

あの変態ヤロー、余計なことを！

しかし、ちょろちょろした舌の刺激でわたしは感じてきてしまった。なにしろ毎日アドエルにお尻を責められて、感じやすいポイントを熱心に研究されているのだ。

はっ、もしかしなくてもわたしって調教されているの!?

「ミナミ、何を考えているの？　だいぶ余裕があるみたいだね」

ヤバい、天使が悪魔バージョンになろうとしている。

腰の下に枕を入れられ仰向けに寝転がったわたしの上に、触手が一本現れた。そのまま下のほうに行くとわたしの下半身にとろりと粘液を垂らした。たっぷりかかったそれを、アドエルが両手のひらで塗り伸ばす。太股からつけ根へ、股間の恥ずかしいところへ、お尻全体へ。

「ああんっ」

ぬるぬるした感触で、くすぐったいようなゾクゾク鳥肌が立つような、変な感じになってくる。

アドエルは手を休めずに身体をくねらすわたしの肌に粘液を塗りたくる。

「ほーら気持ちいいね、わたしの手で触られるの、好きでしょ？」

「やあん、変になっちゃう」

「悶《もだ》えるミナミは色っぽくてすごく可愛いよ。ああ、ここがヌメヌメしているのはわたしの粘液のせいじゃないね？」

「ああっ、そこはだめえ」

彼の右手がわたしの股間をすっぽり覆った。そこは他の場所よりもぬるつきが多くなっている。

アドエルは手のひら全体でそこをゆっくりとこすり、親指で敏感な芽をこねた。

「あひいんっ」

悲鳴の混じった変な声が出てしまった。

「このちっちゃなお豆はミナミの大好きなところだね。こうやって、つるつるこすってあげるとど

う？　気持ちいい？　ああ、腰をこんなに振って、いやらしいなあ」

「やめて、あん、そこはダメ」

「ここを弄られると、女の子はみんな動けなくなっちゃうんだって？　わたしはミナミにしかこんなことしないからよくわからないんだけど」

そういうと、右手であそこをこねたまま、肉芽を唇で挟み込み、舌先でちろちろ舐めた。

「あつ、やっ、あん、あん」

わたしはえっちな声で喘ぎながら、快感を逃そうと腰を振った。

「ミナミはこうやって優しく舐められるのが好きだよね？」

「ああん、そこで喋らないで、あん、だめ、もうだめイっちゃう、アドエル、アドエル、イっちゃうのっ」

「いいよ、一回イってごらん、ほら」

「あんっ、いいっ、ああああああーっ！」

感じやすい粒を集中的に責められて、わたしは軽く達してしまって身体をのけぞらせた。

「真っ赤になって、ミナミは本当に可愛いね。さあ、今度はここを軟らかくする練習をしようね」

イったあとでハアハアと荒い息をしていると、アドエルが指でお尻の穴をちょんと突いた。感じやすくなった身体がびくんと跳ねてしまう。お尻の穴に、またたっぷりの粘液がとろとろと垂らされた。

「指を入れるよ。力を抜いて、お口で息をしてごらん」

「あふっ」

つぷり、と指が入る。そしてそのまま2ｃｍくらい進めたところでその指が抜かれる。また入れられる。つぷ、くちゅ、つぷ、くちゅ。穴の周りの特に感じる部分だけ、そうやって何度もこすられると、異物感と排泄感とともに快感が沸き起こってしまう。わたしの中から熱い液がどろっとこぼれていくのがわかる。それをすべて吸い取ろうと、触手が一本、ふたをするようにわたしの秘所に差し込まれた。

「あ、あ、あ、あん、はあん」

愛液を溢れさせる穴の中をこすられ、後ろの穴を弄り回されてたまらなくなり、わたしはアドエルの指の動きに合わせて腰を振って喘いでしまう。

「や、も、やめ、ああん」

「いい子だ、もうちょっと中に指を入れるよ。力を抜いて」

「はあああん」

ずぷっと指が奥まで入り込んだ。中はすでに、アドエルの手で綺麗になるまで処理されているのでからっぽだ。そのまま粘液をたっぷりつけてこすられると、スライムお得意の技で作成された媚薬のような成分が入っているのだろう、わたしのお尻の穴はどんどん軟らかくなり、緩んでくる。

「やだ、お尻が、開いちゃうよお」

「いい子だね、ミナミのお尻はいいお尻だから大丈夫だよ。ほら、もう一本指を入れるね……ああもう、２本くらいなら余裕だ……３本でも大丈夫そうだね」

わたしのお尻の穴は毎日の訓練で、男の人のがっしりした指でも３本くらいは苦痛なく飲み込めるようになっていた。

「うん、よく広がっている。がんばったねミナミ。じゃあ次は、入れたり出したりしてこすられても大丈夫になる練習だよ」

「ああん、お尻の中に触手を入れないで！」

「わがままを言っちゃだめだよ。大事な練習だからね、がんばろう」

わたしは涙目になる。何しろこれから入れられる触手というのは、ただの滑らかな触手ではない。ボールがたくさん繋がっているような形をしているのだ。そのため、入れるときも出されるときも周りをこすり、引っかかるので、余計な刺激があるのだ。そんなものを入れられるのは恥ずかしいし、抜かれる時の刺激で感じた姿を見られるのも恥ずかしい。

彼はわたしをなだめながら、犬のように四つん這いのポーズをとらせた。

「いい子だね、がまんしてごらん。ほらいくよ、力を抜いて」

「あ、あ、いやあ、つぶつぶを中に入れちゃいやあん、ああっ」

粘液を出しながら、直径が一センチから始まって、太いところは４センチ近くまであるこぶが連なった凶悪な触手がわたしのお尻の穴にくねくねと入っていった。

「あ、や、いや……お腹の中がいっぱいになっちゃってる……」

異物感と排泄欲と、禁断の快感に捕らわれたわたしは、口を開けて呼吸をしながら目を潤ませた。

そんなわたしの頭を優しく撫でながら、アドエルは「上手上手」と褒める。

「いやあ、とってて、これ抜いてて、ああっ」

こんな変態的な責めをされているのに、わたしの女性の穴からはお漏らしをするように蜜がトロトロと流れ出てきている。

「がんばったね、いい子、ミナミはえらいね。じゃあ今度は抜いていくから、お尻の穴をこすりながら触手が出て行くのを感じてみて」

「……ん、んふうっ、んあっ、あっ、あっ、あっ、ああああーっ！」

触手がゆっくりと抜かれた。ボールがくぽん、くぽん、と音を立てて飛び出すたびに、強い排泄の快感が襲う。大きいボールが出ると、最後は一気に抜かれた。

「あああああああーっ！」

あまりの快感に、四つん這いになった身体がのけぞってしまう。すると、抜かれた触手が休みなく再び中へともぐって行く。

「あひいいーっ！　や、やら、もう、やあっ、んあああああーっ！」

そしてまた抜かれる。いやらしい責めを何度も繰り返されて、すっかり慣らされた身体はその度に快感を得てしまう。

いやっ、こんなところで感じちゃうなんて、わたしって変態じゃない。

恥ずかしくて、腰をいやらしく振りながら泣いてしまう。流れた涙を、アドエルが舌で舐めとり、そのままキスしてくれた。

「泣かないでミナミ。愛してる。わたしをこの穴の中に入れようとして、恥ずかしいのにがんばっているのを知っているよ。ごめんね、スライムで」

「ううっ、ホントに恥ずかしいよおっ」

「ごめんね、でももう入るから、ね。ミナミががんばってくれたから、今日は入れそうなんだよ」

「うっ、じゃあ、早く入って」

「ミナミ？」

「ちゃんとアドエルので入ってきて。がんばるから。もうつぶつぶをお尻に入れたり出したりされるのは嫌なのぉ」

泣きながら訴えると、アドエルは真っ赤な顔になった。

「……ミナミ、可愛すぎる。そんなことをいわれたら、酷くしたくないのに我慢できなくなるよ……ごめん、入れるよ」

彼は、鼻息をふんふんと荒くして下着を脱ぐと、立派にそそり立って先を露で光らせているモノを構えた。

「……入れるよ。いいね？　もう入れちゃうからね？」

わたしはベッドの上で、仰向けで大きく足を開かれるという恥ずかしい格好をさせられていた。大事なところがすべてアドエルの目にさらされる。触手にかき回されている秘所も、緩んで開いたお尻の穴も。

いや、入れられるのはもう覚悟ができているからいいんだけど。

「アドエル、こんな格好いや、見ないで」

この羞恥プレイはなに⁉

聞いてないんですけど！

しかも、恥ずかしいのに、なぜか身体の中心が熱くなってひくひくとそこが蠢いてしまうのが、精神力をガリガリと削って辛い。

アドエルは、半べそをかいたわたしをなだめる。

「こんなあられもない格好をさせてごめんね。穴が全部わたしの目にさらされてしまって、恥ずかしいおつゆが溢れているのもわかっちゃうね。でも、初めてのところをよく開かないと、入りにくくて痛くなるかもしれないいんだ。気持ち良くしてあげたいから、恥ずかしいのは我慢してね。ミナミのお尻の穴はピンクでキレイで、くにゅっとした感じが可愛いから大丈夫だよ」

うわあああああ、これはなだめるふりをした言葉責め⁉

そんな場所の実況中継はやめて！

麗しの魔族の王子は、爽やかな笑みを浮かべていると見せかけて、実は鼻息を荒くして自分のそそり立ったものをぎちっと握りしめている。大砲を撃つ気満々である。

「ああ、なんて素敵な穴だろう……恥ずかしくないよ、全魔界に公開しても恥ずかしくないくらいの素晴らしい穴だよ。ね？」

いやあっ！　余計に恥ずかしいわ！

全魔界に公開なんて、変態にも程があるわ！

彼はその穴にグリーンの触手を近づけて、スライムの力で作り出したワケありっぽい粘液をたっぷりと垂らした。そして、熱い肉棒を入り口にこすり付ける。

「行くよ、行くよ、はい、いい子だねー、力を抜いてー、お口で息してー。吸って、吐いてー」

「あ、あん、あぁん」

太い棒を恥ずかしい排泄の穴にぬるぬるとこすりつけられて、その感触に喘いでしまう。

「吐いてーふううう」

「ふーっ、ふあっ、待って、熱い、お尻が熱いの！　あああーっ！」

かけ声に合わせると、息を吐いたタイミングで、アドエルのモノがわたしの恥ずかしい穴に遠慮なく押し入ってきた。そのまま、ほぐされて緩んだ穴は、太い棒をぬぷぬぷと飲み込む。どうやら媚薬入りの粘液をすり込まれたそこは、男のモノを大喜びで迎え入れるいやらしい穴に調教されていたらしい。

「はあん、あああぁっ、きもちいいーっ」

感じやすいところを粘液にまみれた太い先がこすりながら入り込み、わたしはもう、声をあげて涙を流すほど感じてしまった。訓練を重ね、媚薬をすりこんで柔らかくほぐされたそこは、まったく痛みもなくアドエルを受け入れている。大きくて太いそれが身体に入ってくると、内臓を押されてお腹がいっぱいになり、少し苦しい。わたしは口を開けて、動物のようにハアハアと息をする。

「ふうっ、ミナミの中に入って行くよ。ああ、なんて気持ちがいい、ミナミのお尻の穴は、とてもいい、わたしにすごく絡みついて、熱くて、可愛い穴だよ……」

アドエルも気持ちがよさそうな蕩ける顔をしている。スライム的に大満足なのだろう。

「ミナミ、痛くない？　もっとお薬を塗っておこうか？」

はりつめた穴のまわりに、触手が粘液を塗りたくる。

「こんなに広がって、可愛いね」

「あああああ、そんなにこすっちゃ、だめぇっ」

アドエルに貫かれたまま、敏感なところを触手でぬるぬると触られて、わたしは快感でのたうち回る。

何か熱い液体がわたしの中から噴き出したのがわかる。

おもらししちゃったの？

もう、何が何だかわからなくなってきた。わたしはアドエルの腕をつかみ、イヤイヤするように首を振った。

「いやあっ、こんなの、お尻で感じちゃうなんて恥ずかしいよぉ、ああん」

「ミナミは何も悪くないよ、この中に入りたいわたしが悪いんだから、無理やり恥ずかしいことをさせているわたしのせいなんだから、ミナミは気持ちよくなっちゃっていいんだよ……ゴメン、動くね」

「あああん！」

アドエルは、肉棒をゆっくりと抜き差しし始めた。太いカリが、腸壁をこすり、えぐる。ぐちゅ、ぬちゅ、といういやらしい水音が響き渡る。

「ああっ、すごい！」

アドエルは、うっとりした顔でわたしに言った。

「なんてすごい穴なんだ！」

ムズムズと疼いていたお尻の穴をアドエルに責められ、わたしも禁断の快楽に沈められていった。

「ね、わたし、気持ち、よく、なっちゃう、あん、いいの？」

「いいよ、ミナミの頭が変になっちゃっても愛してるから、気持ちよくなって可愛く鳴いて」

アドエルはそういうと、わたしの髪を優しく撫でながら唇にキスを落とした。挿入しながらだからなのか、彼はいつもより赤い顔をして、呼吸も早くなっているみたい。その姿が色っぽすぎて、ヤバい。ビジュアル的にヤバすぎる。

わたしの中が、アドエルをぎゅうっと締め付けた。

「ああっ、すごくいいよ！　……ごめん、もうあんまり我慢ができない、気持ちよすぎるよ、ミナミのこの中は」

アドエルの汗が、ぽたりと垂れてきた。

「ミナミ、ミナミ、大好き、愛してる」

「あん、あっ、あっ、あっ」

アドエルの腰の動きが速くなり、わたしの中が激しくこすられる。ぱちゅん、ぐちゅん、というリズミカルな卑猥な音が響き、これに混じってアドエルの色気たっぷりのかすれた声が聞こえる。

それと一緒にわたしも上り詰めてしまう。そしてなぜか、尿意が強くなる。

「あ、だめ、漏れちゃう、おしっこ漏れちゃうよっ」

「いいよ、いっぱい、漏らして、全部わたしが、もらうから、あっ、くっ、もうだめだ、出る、ミナミの中に、出ちゃう」

「あん、もう、イっちゃう、漏れちゃう、ああ、だめぇ、イくっ！」

「わたしも、ああっ！」

中に熱いものがたくさん吐き出され、わたしもおしっこを漏らしながらイってしまった。


「あん、アドエル、そんなに奥までしないで」

「だめだよ、全部掻き出しておかないとお腹を壊しちゃうんだよ。ほら、いい子だからお尻をこっちに出して」

「いやんもう、恥ずかしい」

わたしはお風呂場で、アドエルに白濁を掻き出してもらっていた。なんでも、腸に入ったままだと腸内に水分がたくさん集まって、そのまま下痢してしまうそうだ。そんなことになったら、絶対に出るところをアドエルに観察されてしまう！　そして、興奮したアドエルに襲われてまた中に出されて……恐怖のエンドレスループ！

それだけは避けたいので、わたしはアドエルの膝の上にうつぶせになり（いわゆる『おしりペンペン』のポーズで、もう恥ずかしいったら……）大人しく肛門から指を入れられ、中を掻き出されていた。

「あん、あっ」

まだ快感の余韻が残っていて、そんなことをされるとまた身体が熱くなってしまう。

「気持ちよくなってきちゃった？　痛いよりずっといいから、そのまま感じていて」

そんなことを言いながら、穴の出口をくりくりっと弄ったりするから、余計に身体が疼き、喘ぎ声が出てしまう。

「……これくらいでいいよね……ミナミ……」

わたしの身体の横には、すっかり大きく膨らんでしまったアドエル自身がある。嫌な予感がする。

「こっちの穴にも入れたくなっちゃった」

くちゅっと、恥ずかしい場所から音がする。アドエルの触手が卑猥ないたずらをしているのだ。

「ね、しよう？」

「あっ、や、も、無理、だめ」

「ちょっとだけ」

あなたのちょっとだけは信用ならないのよっ！

アドエルはわたしの身体をお湯で綺麗に流すと、四つんばいにした。

「もうこんなにびしょびしょになってるから、いいよね？　いくよ？」

「や、ああああああっ！」

そのまま後ろから秘所をずぶりと貫かれて、わたしは鳴き声をあげる。もう限界だと思うのに、中がいっぱいになると満足感を覚えてしまう。

「ミナミの穴は、どれも最高に気持ちいいよ。全部にもぐりこみたい。ああもう、ミナミが好きすぎて辛い！」
アドエルはそんなことを叫びながら、荒い息遣いで腰を打ちつける。
「ああん、激しい、よおっ、あん、あん」
中をぐちゃぐちゃにこすられて、わたしも気持ちよくてどうしようもなくなる。
こんなんでいいのかとも思うけど。
もうね、あきらめるしかないよね。
スライムだから仕方がないよね！

番外編2

スライム王子にお嫁入り（タニアの場合）

結婚っていうのは、女の子にとって夢とか憧れとかいろいろ楽しい要素があるものだと思う。ところが、王家に生まれたわたしにとってはそうではなかった。

「魔族の王子様ですって？　わたくしが魔族に嫁ぐと？」

父王に呼び出され、突然政略結婚をするように告げられたわたしは、よそ行きの口調ではあるが低い声で聞き返した。

「ああ、本当に申し訳ない。だが、この国のために耐えてくれ、タニアよ」

よよと泣き崩れる（ふりをする）ひげの壮年男性。またの名を、アリューサ国王陛下と言う。筋肉質のマッチョボディをしているが、どこかとぼけた雰囲気のアリューサ国王は、わたしの父だ。

「胡散《うさん》臭いから、そういうのはやめてくださらないかしら、お父様。それにしてもずいぶんと急なお話なのね。全然存じ上げてなかったんですけど、それはなぜなのかしらね。そのお話は断れませんの？　っていうか、それってすでに決定事項なの？　わたくしに拒否権なしで、勝手に進んでたわけ？　は？」

若干崩れてきた口調で、目を細めて畳みかけるように言うと、父は上目遣いで「タニア、怖いからやめて」と呟いた。

「まあ、実は、割と前々からあった話でどうするか保留していたのだがな。さすがに人間が魔界に嫁ぐというのはあまりのことだからなあ。しかし、なぜか急に向こうから圧力がかかって……断ると、侵略されてしまう……かも……的な？」

「はあ？　いわゆる突然の国の危機？　……なのですね」

「おおタニア、いきなり魔族と戦争を始めるとかはやめて欲しいのだが」

「しませんわよ！　お父様はわたくしをなんだと思ってるんですか！」

うら若き姫君を、斬り込み隊長みたいに言うのはやめていただきたいわ！

「いや、その、念のために、だな」

うちは弱小国なので、侵略されたらひとたまりもないし、戦争になったら勝てるとは思えない。

アリューサ国が魔族に蹂躙《じゅうりん》されてから、わたしが連れ去られるだけだ。

それならば、最初からわたしひとりが犠牲になったほうが被害は少なくて済む。これも王家の者としての務め、政略結婚は王女のお約束だ。それに魔族と言っても、嫁いだその日にいきなり取って食われるわけでもないだろう。まあ、魔界の住人は、見た目がわたしたちとは激しく違っていたり、個性の範囲を激しく逸脱していたりするが、血も涙もない恐ろしい存在というわけではないのである。姿かたちが生理的に駄目な人間もいるけど、わたしはそういうのが割と平気なほうだわね。

「わかりました。魔界に嫁がせていただきますわ」

というわけで、わたしことタニア・デル・アリューサ、アリューサ第三王女は親善（侵略回避）

のために魔族の王家にお嫁入りすることになった。

「その、な。……あまり辛かったら戻っておいで」

え？　その程度の危機なの？


わたしの夫となるのは、魔族の第二王子でセベル・イシュトレートという、吸血鬼とスライムの混血魔族らしい。『らしい』というのは、最近の魔族はいろいろ血が入り乱れているため、種族をひとくくりにはできないようなのだ。

吸血鬼というと、やっぱりわたしは血を吸われてしまうのだろうか。貧血になったらやだなあ。食事はお肉多めでお願いしたい。なんだったら、森に行って自分で捕ってくるし。お肉、大事。

そんなことをつらつら考えつつ、魔族のお城へと馬車に揺られてはるばると旅したわたしは、無事に立派なお城につき、休憩もそこそこに全身をネコミミ侍女に磨き上げられ、やがて顔合わせのために王子が待つという謁見室に向かった。

重厚なデザインのドアが開き、わたしは視線を床に落としながらしずしずと進み、ドレスをつまんでお辞儀をした。

「お初にお目にかかります、アリューサより参りましたタニア・デル・アリューサでございます」

「わあ、頬っぺたの血色がいいね！　丸々していい感じ」

そこかよ！

さすがは吸血鬼だな！

心の中で突っ込みを入れつつ、わたしは顔を上げて軽く息を飲んだ。

「あらま」

おお、これは眼福。

椅子に座って長い脚を組み目の前でにっこり笑っているのは、プラチナブロンドにアイスブルーの瞳をした、非常に美しい青年だった。白い肌にすっと美しく通った鼻梁にやや薄めの唇が、白磁の人形を思わせる。優しげな表情で眼を細めていなかったら、人外の美貌に恐れをなして目も合わせられないかもしれない。怖いほど綺麗、っていうあれだ。どうやらこれが我が夫らしい。

よかった、グロテスクな魔物っぽくなくて。どうせ夫婦になるなら見た目の良い相手のほうがいい。

ちなみにわたしの容姿は贔屓目《ひいき》に見ても『まあまあかわいいんじゃない？』程度のレベルである。

あははは……。すまんな夫よ。

「タニアたん……タニア姫、よく魔界に来てくれたね。こんなに可愛い女の子が僕のところにお嫁さんに来てくれるなんて嬉しいよ。歳は17歳だよね？」

「はい」

さすがは乙女を誘惑しては血をすする吸血鬼、会った途端の軽いお世辞も忘れない。魅力的な笑顔のたらし具合も半端ないわ。乙女度低めのわたしにはあまり効き目がないけど。そして『タニアたん』って何？

美貌の王子は機嫌のよさそうな表情で言った。

「僕たちは、人間みたいに結婚式とかやらないんだ。だからタニアた……姫はこのまま今日から僕のお嫁さんだよ。いいかな？」

「はい、ふつつか者でございますが、どうぞよろしくお願いいたします」

「こちらこそよろしくね、歓迎するよ！　さあタニア、僕の胸に飛び込んでおいで！」

キラキラの笑顔を浮かべたセベル王子は椅子から立ち上がり、両手を大きく広げてわたしに近づいてきた。そして、背中からしゅるりと音を立てて出したそれもぶわっと大きく広がった。

「さあっ！」

「ひゃあっ？」

……しょ、触手だと!?

王子の背中から出たのは、透明ブルーの触手が左右合わせて8本組み、だった。

「どうしたの？」

その場に固まったわたしを見て、セベル王子は首をかしげた。プラチナブロンドがさらりと揺れる。触手たちもほにょりと揺れた。

「あ、あの、いえ、申し訳ございません。見慣れないものを見て少々驚いてしまいました。人間は背中から、その……そのようなものは生えてないもので」

「ああ、なるほどね。びっくりさせてごめんね」

王子は優しく言って、触手を1本だけわたしの目の前に近づけた。

「ほら、怖くないよ。ほらほら、遠慮しないで触ってごらん」

透き通った触手はなんだかゼリーみたいだ。恐る恐る人差し指でつついてみるとぷるんと揺れる。意外に乾いた手触りだ。

はい、よろしく。

人懐こく絡んできたので握手してみた。

なんかちょっとかわいいかも、と生き物好きなわたしは思ってしまう。

「僕の父はスライムだからね、その血が現れてる。ちなみに母は吸血族だよ」

スライムの王様…か。

お母様似みたいでよかったですね、王子様。

「急な結婚でいろいろ戸惑うこともあると思うけど、仲良くやっていこうね、タニア。僕たちの仲が良ければ国同士の仲だって平穏だと思うよ？　ね？」

笑顔の奥に黒いものが見えたのは、気のせいでしょうか？


夕食は食堂でひとりで食べた。やっぱりセベル王子は、人間とはエネルギーの補給法が違うのだろうか。あまり想像したくないけど。わたしのために用意された夕食はとても美味しかったのだけれど、なんだか緊張してあまり食べられなかった。

ええ、わたしだって緊張くらいしますよ？

いろいろとほら、初めてですからね！

夕食後、ネコミミ侍女さんがまたしてもわたしを入浴させ、身体を磨き上げてくれた。

トラトラ模様がかわいいです。耳と尻尾のふわふわ加減に思わず「うふふ」と笑ったら、侍女さんも「うふふ」と笑ってくれた。小さな幸せ。

「それでは失礼いたします」

ネコミミのナンシーさんは、わたしに薄い寝衣を着せるとお辞儀をして行ってしまった。

うう、一気に心細くなりましたわね。とほほ。

ベッドの端に腰掛けて、どうしたものかと悩んでいたら、ノックの音が聞こえた。旦那様のお渡りである。

「はい」

キラン、と効果音がつけたくなるくらい輝きながら入ってきたのは、当然ながらセベル王子だ。こちらも寝衣らしい薄い服を着ている。

……うああ、これから新婚初夜ってやつですね、めっちゃ緊張するんですけど！

いつ誰と政略結婚するかわからない王女だから、もちろん身持ちも固くって、言っておくけど男性とちゅーもしたことがないですからね、わたしは。

閨《ねや》の嗜《たしな》みみたいな教育は、城にやってくる家庭教師から受けた程度で、それも抽象的すぎて結局訳わからなかったし、最後には「旦那様にお任せすればよいのです」で終わっちゃったし、とにかくわたしは経験値不足なわけで。

心臓ばかりをバクバクさせながら、ちらっと王子を見た。

ああ、たぶん上手くできないと思います、すいません、ご期待に添えなくても侵略しないでください。

そうだ、侵略されそうになったら、先手を取ってこの王子を人質にするという手もあるわね。

ナイフはすぐに出せるところにしまってあるから大丈夫ね、うん。

そんなわたしの様子を見て、彼は「ふふっ」と余裕の笑いをこぼした。どうやら、殺伐とした心の内は悟られていないようだ。

「タニア、可愛すぎ」

「えっ？」

『ナイフをどこに突き付けたら大人しくなるかしら』なんて考えているわたしが、可愛いと？

「だって、そんな真っ赤な顔して見られたら……」

とさり、と隣に座った魔物の王子は、わたしの耳元で囁いた。

「……酷いことをしたくなっちゃうよ？」

こ、この場合の酷いことというのは、その、せ、性的なアレよね？

うわあああ、それは困るわ！

アレには自信がないわ！

ナイフ1本で15分以内に牛を捌《さば》け、っていうほうが全然いいわ！

「酷いのは嫌です。初心者モードを希望します」

涙目で訴えてみると、王子にはくすりと笑って立ち上がった。

「ごめんね、嘘。嘘だよ、タニアが嫌なことはしないから安心して。せっかくお嫁さんに来てくれたのに、いじわる言ってごめん。嬉しくて調子にのった。おわびに美味しいお茶をいれてあげるね」

さっきの色気駄々もれの声とはうってかわった優しい口調で言い、彼は手ずからハーブティーのようなものを入れてくれた。

「はい、どうぞ。いろいろ緊張して喉が渇いたでしょ」

「ありがとうございます」

その通りだったので、遠慮なくお茶を飲み干し、おかわりもいただいた。

「ねえタニア、君は僕のことを知らないだろうけど、僕は君のことをずいぶん前から知ってるんだ」

「え？」

「君ってよく森にいるでしょ。森の中って魔族も居心地いいからね、ちょっと通りかかったら覗いてみることも多いんだ。10年くらい前かな、用事があってアリューサに行ったついでに森に寄ってみたら、赤い髪に緑色の瞳をした女の子がいてね。ドリュアドかと思っちゃった」

あ……はい、それわたしですね。こんなに赤い髪の女性はアリューサでも稀だから。木の精霊には程遠いですが。

「可愛いなあって思って、そのまま君のお父さんのところに行って、お嫁さんに下さいって頼んだんだけど断られてね。ずーっと頼み続けて、ちょっと脅したりして、ようやくいい返事がもらえたんだ」

……今、聞き捨てならないことを聞いた気がするんだけど。

まさかの、ロリコンストーカー？

そうだったの、お父様、魔族相手にがんばっていたのね、グッジョブ！

見直したわ！

最終的には身売りされたとしてもね！

わたしの冷たい視線に気づいたセベル王子は、両手と8本の青い触手をバタバタと振って言った。

「あ、ちがっ、今、失礼なこと考えたでしょ！　違うからね！　僕はちゃんとタニアが大人に育ってから下さいって言ってたからね！」

「父をちょっと脅しながら、ですね。えっ、きゃ！」

セベル王子はわたしの左に座ると、わたしを膝の上に横抱きにした。またしても凄絶な色気が復活してしまった、透明な宝石みたいな瞳が至近距離に近づき、わたしは息を飲んだ。

「や、待って、これはなんですか」

「待てないよ。ようやくタニアが僕のものになったんだから、もう離さない」

笑顔の形の唇が開き、ピンクの舌が見えた。

「ひゃん！」

舐めた！

口を舐められたあっ！

「ねえ、恋人のキスしたことある？」

ななな、ないですっ、だから、初心者だって言ってるでしょ！

わたしがぶんぶんと頭を横に振ると、セベル王子は嬉しそうに笑った。なんか舌なめずりしそうに見えるのは気のせい……ですよね？

「本当に初心者さんなんだね。わかった、僕が全部教えてあげる。怖くないよ」

怖いから！

ギラギラしたその笑顔が怖いからね！

「好きだ、大好きだ、タニア。僕のタニアたん」

「あんっ」

頬っぺたにキスするようにみせかけて耳たぶ噛まないで、ゾクゾクするから！

ちゅくり、と耳を吸われたとき、身体の奥のほうに熱い震えを感じた。

「いい子だね」

耳元であやすように囁く声が我慢できないくらいに近くて、まるで耳の奥から響いているようだ。

「待って、セベル様、わたし」

「もう待てない」

彼の舌がわたしの唇に戻る。割れ目をチロチロと左右に何度もなぞられて、くすぐったいような感覚に身悶えた。息をついた瞬間に唇を割って口腔内に潜り込んでくる。

「んっ？　んっ、んんん！」

なぜか口の中が甘くなり、舌で散々かき回されているうちに身体が熱くなってきた。

今、何かいろいろ飲んじゃった気がするけど、なんだったの？

身体から力が抜けて、かくかくっとなっていたわたしは、セベル王子に後頭部を支えられながら口の中をいいように蹂躙された。

「とろんとした赤い顔をして、可愛いね、僕のお嫁さん」

彼の顔が離れたので、いつの間にか閉じていた眼を開ける。王子の眼はアイスブルーから鮮血のような朱に変わっていた。そして、やや薄く整った唇は赤く濡れていた。恐ろしく色っぽい笑顔が再びわたしに近づき、首筋に顔を埋める。

「タニアの最初で最後の処女の血をちょうだい……」

「血？」

痛みは感じなかった。ただ、皮膚を破るつぷり、という音が聞こえた。

「あああああああーっ！」

その瞬間に感じた強い快感に、わたしは色を含んだ鳴き声を上げた。


魔物の初心者モードは、人間のそれとは違っていたようだ。わたしはふわふわとした意識の中で、油断したことを後悔していた。

「や、あ、やめて」

ベッドの上で、わたしは青い触手に巻きつかれて四肢を固定され、大の字になっている。薄い寝衣はそのまま。ただし、裾から触手が潜り込み、ヌメヌメした分泌液を出しながら下着の上から脚の付け根をこすっている。

「ああん、そんなところを、いや……」

「大丈夫だよ。キスしただけでこんなになって、タニアたんはちゃんと大人になったんだね。ほら、こんなにぬるぬるになっちゃってるよ」

わたしの頸に顔を埋めて、舌を這わせながら王子が言った。

「えっちな身体のタニア、可愛いね」

「違う、これ、わたしじゃないっ」

火照る身体を持て余しながら、わたしは混乱して言った。なんだかいろいろとおかしい。新婚初夜で、ベッドに貼りつけになるなんて、聞いたことがない。

「ん？　ぬるぬるの具合を確かめてみる？」

「やっ、これを解いて！　解きなさいってば、あっ、やあん！」

下着のクロッチ部分の脇から触手が入ってきて、つぷりと秘所に突き立った。

「いやあっ、入れないで！」

「ほら、こんなに濡れてるよ。わかる？　中に吸い込まれそうなんだけど。ね、ほら」

言いながら、くにゅくにゅと入り口をくじられた。「ね、濡れてるね、気持ちいいの？」と何度も恥ずかしいところをこすられ、わたしは涙目になって腰を揺らした。

「見せてごらん？」

「や、や、ダメ、恥ずかしいから見ないでぇ」

しかし、セベル王子はにっこり笑いながら寝衣のすそをまくっていく。

鬼！　魔物！

キラキラしい表情とやることが合ってないわよ！

必死でにらみつけても、相手は嬉しそうに笑うだけだった。

「こんなに脚を開かれて、恥ずかしいところを見られちゃうね。あれ、僕に弄くられて気持ちよくなっちゃったのかなあ、下着までぬるぬるのびちょびちょだよ。風邪をひくといけないから、この下着は取ってあげるね」

「え？　……やだやだやだ、顔を近づけないで！　いやあ！」

月の光の如く輝く銀髪頭が、なんでわたしの股間にくるの!?

泣きながらいやいやと叫ぶわたしの顔を見て、セベル王子は満足そうにニヤリと笑い、二本の牙を見せて舌なめずりした。あまりにも妖艶なその表情を見て、わたしの中から熱いものがこぷりと溢れた。彼はゆっくりと下着に牙を立て、そのまま引き裂いた。

「ふふ……ひくひくしてる。どうしたの、タニア？」

実は、かなり危険な状態に追い詰められていたわたしは、彼に訴えた。

「……ああ、もう、あの、お願いですセベル様」

「なあに？」

「お、お手洗いに、行かせてください！」

わたしは恥ずかしくて顔を火照らせながら言った。

「あれ、おしっこしたくなっちゃった？」

恥ずかしくて半分泣きながら訴えているのに、ひとでなしの魔物王子はさらりといった。しかも。

「さっきお茶をいっぱい飲んだからねえ。いいよ、僕に向かっておしっこしてごらん」

お、お、おしっこを夫に!?

「な、な、な、なにを！　そんなのできません！」

変態なの？

わたしは魔物なうえに変態な夫と結婚してしまったの？

「んー、してくれないと困るなあ。僕は半分スライムだから、生き物の体液が主なエネルギーなんだよねえ」

なんですって!?

……なるほど、そういうことなら仕方がないかなと……。

なんて納得するわけないでしょうが！

お茶をすすめたのもそういうわけだったのね。策士め。

でも、人前で排泄なんて絶対ムリだから！

ああもう漏れちゃう。

「だめ、できないーっ、お手洗いに行かせてえっ」

ベッドにくくりつけられて自由を奪われたわたしは、尿意をこらえてじたばたと身悶えた。

「そうか、恥ずかしくて僕の前でできないんだ。わかったよ、タニアが嫌なことはしないからね、おしっこが漏れないように、僕が手伝ってあげる」

嫌な予感がした……。

「あっあっなに？　いや、いやあああ！　取って！　取ってえっ！」

「だーめ」

違和感と強い快感で、腰がはねあがる。尿道に細い触手が侵入してきたのだ。分泌液でぬるぬるしているから痛くはないけど、出たり入ったり何度も繰り返されて、こすられるたびに排尿しているような快感が走る。けれど膀胱はいっぱいのままだから、尿意は強まるばかり。

「いやあ、こすらないで！」

「ほら、蓋《ふた》してあげるからお漏らししないよ。気持ちいいね」

「あうっ、ひい、も、許して、ああっ」

「スゴいどろどろになってる。タニアはおしっこの穴が好きなんだね」

断じて違うと言いたい！

が、腰をくねらして鳴くしかできない。

「いや、もう許して、おしっこ出したいの、お願いおしっこ出させて！」

「タニアはわがままで可愛いなあ。いいよ、こっちの穴を弄ってイカせてあげるね。一緒におしっこを出してごらん。あれ、クリトリスが真っ赤になって膨らんでる。ここも弄ってあげようかな」

「や、ダメえええええっ漏れちゃう！」

敏感な肉豆をつままれ、恥ずかしい穴の中をこすられて、我慢できずに絶叫する。

「ああ、出るううっ！」

「いいよ、僕に向けてお漏らしして！」

全身に痺れるような快感を感じて、背中をのけぞらせながらビュッ、ビュッと断続的に尿を噴き出してしまい、やがて一気に放出してしまった。それを、薄く広がった青い膜がすべて受け止める。変形したセベル王子の触手だ。

「んんん、いい子だね。いっぱいおしっこ出してくれたね、フェロモンがたっぷりで、タニアのおしっこはスゴく美味しいよ」

人間ならド変態、スライムとしては真っ当な発言をしながら、我が夫は満足そうにいい、ぺろりと唇を舐めた。

「さあ、次はメインディッシュをいただこうかな」

なんですって!?

わたしは心の中で（初心者モードはいったいどこへ……）と呟いた。


恥ずかしくも放尿しながらの絶頂に押し上げられて、わたしはえぐえぐと泣きながら下半身を痙攣させていた。

「う、うくっ、う、ええええっ!?」

ちらりと視界に入った王子の姿に、わたしは変な声をあげてしまった。ちょっと目を放した隙に、セベル王子は全裸になっていた。プラチナブロンドをかき上げながらにこりと笑うその体軀は、程よい筋肉で引き締まっている。妙齢のお嬢様なら『きゃあああ♡』と嬉し恥ずかし黄色い悲鳴をあげてしまう素晴らしい高レベルの裸体だ。

イケメンはすっぽんぽんでも絵になるのだな。

いや、そんな場合ではなかった。

王子はわたしの上に覆いかぶさり、唇を吸った。

「ん、甘いね。でも、もっと甘いところがあるんだよねえ、タニア」

「え、あ、やだってば、そこはだめえっ」

わたしの下半身に向かおうとする頭を止めようとしたら、またしても王子の背中からブルーの触手がしゅるしゅるとあらわれ、わたしの両手を頭上に固定してしまった。まだ数本余った触手は、どうしたものかと少しふるふる首をかしげた後、ターゲットをみつけたとばかりに巻きついてきた。

胸の頂に！

「きゃあん」

「おやおや、乳首をこんなに立てて。赤くなってかわいいね。んー、捏ね回したくなっちゃうよ、ほら、こんなにコリコリしてる、気持ちいい？」

両方の乳首に巻きついた触手が、くりくりとそこを弄り始めた。下腹に向かって痺れのようなものが走り、わたしは腰をくねらせて悶えた。

「そうだね、いっぱい感じていいよ。身体をとろとろに溶かしてあげる。ほら、こっちにも赤い実が膨れてるよ。弄ってあげようね」

「やあああああ、そんなにしないでえ、ああああん」

触手がまた一本、ターゲットを見つけてしまった。敏感になった股間の肉豆をくねりながら攻め立てる。

もう頭がおかしくなりそう。

腰を揺らして鳴き叫ぶわたしの太股を押さえつけ、王子は頭を沈めた。

「きゃああん」

「ああ、やっぱりね。すごく甘くておいしいのがいっぱい溢れてくる。ん、おいしい、たまらない」

舌の先を恥ずかしい穴に深く差し入れて、王子は恥ずかしいところを音を立てて吸い上げた。わたしはもう泣きながら悲鳴をあげつづけるしかない。さすがはスライム、こぼれる涙や唾液さえも、触手が余さず吸っていく。

「ああ、ここを忘れちゃいけないね。もう一回おしっこさせてあげる」

「なにをするの、いやあああん、そこに入って来ちゃダメえっ、やあっ」

ぬるぬるをたっぷり分泌した触手が、尿道口をくちゅくちゅと弄ったかと思ったら、そのまま中に侵入してきた。奥までくると、わたしの中に何かを注ぎ込んでいて、それが膀胱にいっぱいになった。強い尿意を感じ、わたしはのけぞった。

「いや、出させて」

「いい子だから、もう少し我慢しようね」

「できない、もう漏れちゃう、おしっこ漏れちゃうのっ」

泣きながら訴えるわたしに、王子はぞくっとするほど色っぽい声で囁いた。

「タニアの秘密の穴に、指、入れるよ。中から押してあげる」

「やめて、そんなことしないで！　お願い！」

「ほら、ここをこすると気持ちいいでしょ、ここを押されると、ね、おしっこが出そうになるね。おしっこの穴もこすってあげる。ほーら気持ちいいねえ、もうこの中に指が２本も入るくらいに軟らかくなってる。さっき気持ちよくなる液を触手で入れておいたからね、痛くないようにしてあげるね、可愛いタニア」

「ああああん、いやあ、ひゃああああん、あひぃん」

のた打ち回って乱れるわたしを見て、顔をわたしの愛液でべとべとにした王子がぺろりと唇を舐めながら甘く笑った。赤く変わったままの瞳の奥には欲望の火が見られ、わたしの身体をぞくぞくさせる。

「ねえタニア、僕がどれだけ君の身体中を味わいたかったか、知らないでしょ。森の中で君を何度も押し倒してしまったのを覚えてる？」

「……え？」

いや、あなたとは確か今日が初対面……では？

ちゅくちゅくと指を動かされ、ぼんやりしてくる頭で考える。

「森で過ごしていた時に何度も逢ったの、覚えてるよね。ほら、銀色で青い目の狼」

うん、覚えてる。

わたしが森にいたのは、決して遊んでいたわけではない。セベル王子が見たという幼い頃のわたしは、サバイバルセットを背負って緊急時訓練という名の放置プレイにあっていたのだ。うちの国は弱小国で、自分の身は自分で守らなくてはならない。王族だって、剣の扱いや敵に襲われた時の身の隠し方などを叩き込まれるのだ。

だから、王女のわたくしが若干言葉が悪くなったりするのも仕方のないことですのよ、おほほ。

そんなわけで、何度も森に放置され、そのうち一ヵ月くらい森にこもってお城に帰ってこないくらいにまでなったわたし。

ナイフ一本あれば、いくらでも暮らしていけますの。

そんな時に、たまに会って友達になったのが、銀の狼だった。最初は屠《ヤ》ってしまって皮をはぎ、布団とご飯にしてしまおうかと思ったのだけど、意外になつこかったので、シルヴァと名前をつけて、そのままうちの子にして夜営の時の枕になってもらったのよね、もふもふっと。

「あれ僕だから」

「……ええっ？　あなたがシルヴァだったの？　ひゃうん！」

最後は、中のいいところをこすられて出ちゃった鳴き声です。

「そうだよ。長かったなあ、早くこうしたかったのを我慢して我慢して、のしかかって顔を舐めるだけで我慢して、いい匂いがしてすぐにでも襲いたいのを我慢してああもう思い出したら我慢できないから入れさせて！」

「んぐうううっ」

入れられた！

一気に！

この鬼めが！

熱い肉棒をおなかいっぱいに突っ込まれて、わたしはうめき声をあげる。

「このバカ犬！　処女に対してなにするのよ！」

「ああ、いい、気持ちいいよ、タニア！　狭くて熱くてたまんない。もう僕のものだよ、他の男には誰にも触らせないからっ、んんっ、全部、僕の、タニアたん、可愛いタニアたん」

『たん』を付けるな、ああっ、痛い、そんなに、激しく、バカ犬、ああなんで、身体が変になるぅ！」

「ごめん、さっき、中に、回復薬を、仕込んだから、すぐに治る、媚薬も、たっぷり、ああ、タニアたんのここ、良すぎだよっ！」

媚薬を仕込まれた上に激しく腰を打ち付けられて、中の感じるところをえぐられ、おまけに乳首とクリトリスと尿道を触手にこね回されたわたしは、あっという間に絶頂に達してしまった。

「ああもうだめえええええーっ！」

「僕ももう、あああっ、そんなに絞られたらもう！　タニアたん！　タニアたん！」

綺麗な顔をゆがめたセベル王子が身体を震わせ、わたしの中に熱いものを放った。

同時にわたしも恥ずかしい黄色い水をセベル王子に向けて放ってしまった。

仲良しだった銀色狼。しかし、その中身はロリコンストーカースライム王子だった。

でも、森でいつも寄り添ってくれたシルヴァのことが、わたしは大好きだった。

だから。

『こうして王子様とお姫様は永遠に幸せにくらしましたとさ』でもいいかなって思う。
……ちょっと変態だけどね！

番外編3

スライム王子と暗殺少女（ナンシーの場合）

宮殿の豪華な廊下は、光魔法のランプでぼんやりと照らされていた。廊下にはぶ厚い絨毯《じゅうたん》が敷かれていて、裸足で歩くわたしの足音はふんわりとした毛足にみんな吸い込まれていく。

……こんなに順調でいいのだろうか？

わたしの心の中はぞっとするほど平静だ。これからこの国の重鎮を殺そうとしているというのに。この3ヵ月の訓練で、わたしのすべては『悪』で真っ黒に染まってしまったのだろうか。罪のない人の命を奪おうと、夜中の廊下を忍び歩いている不審者、それがわたしなのだ。でも、わたしにはこうするより他に手段はなかった。ただの平民で、猫の獣人であるわたしには、何にも力がないのだから。そう、大切なものを守る力が……。

誰にも誰何《すいか》されることなく、わたしは目当ての扉にたどり着き、音を立てずに部屋の中に身をすべりこませた。気配を消すのは猫族の得意技だ。そのまま天蓋《てんがい》付きのベッドに近づき、布団の膨らみを確認すると隠し持っていたナイフを冷静に振り上げ。

「ご苦労だったな」

「ひっ！」

瞬間、わたしの両腕はオレンジ色の半透明の触手に絡めとられ、もう動かすことができなくなった。気配にふりむくと、ベッドに横になっているはずわたしのターゲットである魔族の第三王子が、部屋の暗い隅から現れた。

フリュード・イシュトレート。肩の上くらいまで伸ばしたプラチナブロンドにオレンジ色の瞳をした、美しき魔界の王子様だ。吸血鬼の血を引く彼はあまりにも美しすぎて、無表情になると人形めいて見える。

ああほら、やっぱり無理だったわね。

ごめんね、ディオン。お姉ちゃんはもう、あんたに会えないみたい。

だから、あんただけは生きてちょうだい。

お姉ちゃんの分まで生き抜いてね。

ディオン、ディオン、ひとりにしてごめんね、愛してるわ！

こうなることを予想していたわたしは、耳をぺしょりと倒し、尻尾を力なく床に落とした。ナイフを握った指は、固まったように開かない。

わかっていたんだ。この男を殺すことなんて、わたしにできっこないってことは。

強くて恐ろしくて綺麗でいじわるで、そのくせ新入りのメイドをちょいちょいかまっては気にしてくれる、ほんのちょっぴりだけ優しい王子様。

彼を殺せないことをわかっていても、わたしにはこうする他に選択はなかった。わたしを拘束した王子の顔をぼんやりと見返すと、彼は「死んだ魚のような目をしてる猫とは珍しい」と鼻をふんと鳴らしながら言った。

「ナンシー、まさかお前がこういうことをするとはね」

「……無理だっていうのはわかってたわ。さっさと殺してちょうだい」

わたしがぼそりとつぶやくと、王子の燃えるようなオレンジの瞳の奥になにか空虚な恐ろしいものがみえて、わたしは背筋がぞくりとした。

「おやおや、ずいぶんと甘えた子猫ちゃんだな」

ほんのり赤い整った唇が笑顔の弧を描いているけど、彼の目はガラス玉のよう。ガラスに閉じ込められたオレンジの炎が揺らめいた。

ああ、殺されるんだ、わたし。

せめてひと思いにやって欲しい。

一番好きだったこの人に。

「……ナンシー、お前は何か勘違いしていないかい？」

予想に反して王子はゆっくりわたしの頭に手を伸ばした。そのままわたしのしましまの両の耳を摑んでゆっくりと揉みしだいた。

「ひゃんっ、やだ、なにするの！」

頭を振って逃れようとするが、その手は執拗《しつよう》で離れない。

「悪い猫の耳を揉んでるんだ。ふふ、ふわっふわだな」

彼は、自分のほうがよほど悪い顔でにやりと笑った。獣人の急所は耳としっぽで、同時に性感帯でもある。

「いや、やめて、あっ、ああん！」

こんな時だというのに、憎からず思っている相手に敏感なところを触られたわたしは、ぞくぞくするような快感に身をよじって、変な声を出してしまった。恋人なんてものができたことのないわたしは、自分の淫らな反応が恥ずかしくて顔が火照《ほて》ってしまう。

「やめて、えっち！　フリュードさまのえっち！」

するとフリュード王子はぷっと噴き出し「なんだこの可愛いいたずら子猫は」と言ってから、今度は真面目な怖い顔をした。

「ナンシー、ふざけたことを言っている場合ではないぞ。王族に刃を向けたものがどうなるか、知ってるか？　それはそれは恐ろしい目にあうんだぜ。こんな真似《まね》をするとどうなるか、見せしめにするためにな。……死んだほうがましな目に合わされる覚悟はできているな？」

「…………っ！」

できていない！

「よく働いてくれるし身のこなしもいいし、お前は有望な新人だと思っていたのにね。残念だよ。最後に誰の差し金でこんなことをしたのかを存分に歌ってもらおうかな。……夜はまだ長い」

もしや、わたしは一晩中拷問をされるの？

甘かった。

好きな人の手でひと思いに楽になれるだなんて、どうして考えたんだろう？

手を拘束されて身動きできないわたしの首に、王子の顔が近づく。

「いや……やめて……わたしは何も……」

ぺろんと震えるわたしの首筋をひと舐めしたかと思ったら、フリュード王子はそこに鋭くずぶりと尖ったものを打ち込んだ。

「痛い！」

首筋に牙を埋められのだ！　わたしは恐怖に駆られて叫んだ。

「いた、い、あ、あ、あああああーっ！」

脚の力が抜けて、かくんとその場で腰が抜けそうだったが、王子が見た目にそぐわない強い力でわたしを支えて、首から血を吸い続けている。そう、彼は吸血鬼とスライムの血を引く魔族なのだ。

そのまま容赦なく血を啜《すす》られていったが……突然その行為が止まった。

「ああ、せっかくの処女の血が混ざりもので台無しになって……美味しいけど。あ、そうか、お前は処女だったならば、こっちの責めの方がいいお仕置きになるな」

王子の眼は真っ赤に変わっていた。口元に付いた血を赤い舌がぺろりと舐める。凄惨《せいさん》で恐ろしいはずのその姿を見て、今度はなぜか恐怖とは別のものがわたしの身体の中を走った。魔に魅入られるというのは、こういうことなのだろうか？　禍々しく輝く赤い瞳から目が離せない。

フリュード王子は吸血鬼とスライムの血を引くため、吸血したり、触手を用いたりして体液を摂取し、エネルギーとする。わたしは彼の『餌《えさ》』に認定されたのだ。

「甘い血だ。ナンシーの他の体液はどんな味だ？」

「他の……体液?」

目のまわりもほのかに赤く染まり、気のせいかフリュード王子の顔には蕩ける甘さが加わっているように見える。

「ひゃっ」

唇から赤い舌が覗き、わたしの唇をぺろりと舐めた。そして、唇を噛まれ、また舐められる。濡れた粘膜の感覚が本能を呼び覚まし、わたしは背中に奇妙な痺れを感じた。

ああ、これから恐ろしい目に合うというのに、わたしったらどうしちゃったんだろう?

「俺にいろいろ美味しいものを味わわせてくれよ、ナンシー」

そういうと、王子は長く美しい指でサイドテーブルに置いてあった薔薇水のたっぷり入った瓶をつかんだ。そして、わたしの唇に押し当てる。

「ほら、全部飲め」

抵抗する気力を失っていたわたしは、されるままに薔薇の香りと爽やかな果汁の味がする水を飲み干そうとするが、だらだらと口の端からこぼれてしまう。それを見た王子は、自分の口に薔薇水を含み口移しに飲ませてきた。

「んっ……」

びっくりしたわたしが尻尾をばたつかせたら、触手に捕まりにょろりと尻尾をしごかれてしまった。

「んんーっ!」

唇を塞がれたまま、身体をびくんと震わせる。

「感じやすい猫だな」

口づけをするのは初めてなのに、フリュード王子は一口ごとに舌を絡ませ、口腔内をねぶり、舌の裏側をぞろりとこねる。その刺激にいつしか身体が熱くなり、わたしは甘い鳴き声をこぼしてしまった。カップに5杯分はあった大量の薔薇水は、4分の1程を残して、もう飲み込めなくなってしまう。

「も……むりぃ……」

「全部と言っただろうが。まあいい、残りはあっちで飲んでもらおう」

無理矢理喉に注ぎこまれるかと思ったのに、王子はすぐに瓶をテーブルに戻した。オレンジの触手が1本、瓶の口から入って水を吸い上げる。

王子は握りしめたままだったナイフをわたしの手から取り上げた。そして、身体に刃を近づける。

「震えているな。怖いか？　刃物を向けられるというのはこういうことだぞ」

怖い。

わたしはフリュードさまに、こんなに怖いことをしたんだ……。

涙がぽろりと落ちると、舌を伸ばしてフリュード王子に拾われた。彼はわたしの瞳の中を覗きながら、シャツのボタンをひとつずつ、ナイフで落とした。胸元が徐々に開いていく。

「や……」

そこから王子の手がもぐり込み、胸を直に触られた。

「ナンシーは殺したいくらい俺が嫌いなのか？」

乳首がひねられ、痛さとは違う感覚で声が漏れてしまう。

「ひうっ、ち、ちがっ」

「じゃあ殺されたかったのか」

それも違う。でも、生きているわけにはいかないのだ。わたしが暗殺に失敗して生きていたら、あの子が間違いなく殺される。まだ七つの弟、ディオンが。

「わたしをいたぶらないと気が済まないなら、そうして。でも、最後は必ず殺して……お願いします、殿下」

乳房をこねられ、服を剥《は》ぎ取られながら、わたしはかすれた声で言った。

「じゃないと……」

「誰に脅されてる？」

「え？」

「脅されてるのだろう。捕まっているのは親か？　兄弟か？」

どうして人質がいると気づいたの？

「なかなかいい腕だが、せいぜい半年の訓練といったところだな。親玉は誰だ？」

なんなのだこの人は？

なんでそんなことがわかるの？

わたしは聞かれるままに答えた。

「……訓練は3ヵ月。あいつはいつも仮面を付けているから、顔はわからないの、でも……」

「なんだ？」

3ヵ月と言ったところで「ほう」と目を見張った王子は、わたしを促した。

「腐った魚みたいな煙草の臭いがしたわ」

「腐った……ああ、なるほどね」

王子はニヤリと笑い、扉の向こうに声をかけた。

「黒幕はルクセン伯爵だ。確か薬物入りの煙草を違法に扱っていることがわかったと言ってたな？」

「はい」

王子の問いに、すぐに返事がかえってきた。お抱えの間者らしい。今までの痴態がすべて筒抜けだったと気づき、わたしは恥ずかしさで赤くなった。

「悪さをしても俺を殺せばなんとかなると思ったのかな、愚かな男だ。伯爵を取っ捕まえて人質を助け出せ。で、ナンシー、捕まっている者の名前は？」

「ディオン。弟で、まだ7つなの」

「7つの子を人質にして、女の子を暗殺者に仕立てあげようとするとは、最低のクズだな。行いに見合う仕置きをしてやろう。弟はここへ連れてこい」

「御意」

そして、誰かの気配が消えた。

ディオンが助かるんだ……。

わたしの脚から急に力が抜けた。

「おっと、まだお前を許したわけではないからな。お前もたっぷりお仕置きしてやる」

低い声が耳もとで響き、わたしの耳が甘くかじられた。

……なんだか、ものすごく嫌な予感がする。


「やめてください、フリュードさま、変なことをしないで！」

「お仕置きだから、変なことをするに決まっている」

「ない！　それ違う！」

ベッドに運ばれたわたしは全裸にされた上で手足を拘束され、鎖でくくりつけられた。

……なんでこんなものが備わっているの？

普通ベッドには、手かせ足かせは常備されていないと思うよ！

大きく脚を開かれて、その足元でフリュード王子が満足そうに立ってにやついている。身体をよじっても、大事なところを隠すことはできない。

「ほほう、そこの毛もシマシマか」

「いやあああ、変態！」

恥ずかしいところを全部王子に見られて、わたしは泣きべそをかいた。

「なんだ、急に可愛くなって。よーし、それじゃあいいことをしてやろう」

王子はものすごく爽やかそうな、だけど腹黒さが透けてくるいい笑顔で言った。背中からたくさんの触手が現れ、ざわざわ蠢くオレンジの大群はわたしの全身に近づいてくる。

「や、やだ、なにするの!?」

「もっと可愛くしてやるだけだ。女は笑っているほうが可愛いからなあ」

「え、や、やあ、ひゃあうっ、やめてえっ」

こしょこしょこしょこしょ。

脇の下と脇腹に触手がうねり、わたしはくすぐったくて身をよじった。そのまま上へ下へと責め立ててくる。

「やめてってばあ、いやあ、あはははははは」

「そうか、気持ちいいか。ここはどうだ？」

足の指の間まで触手が入り込み、くねくねとこすられる。足の裏も、こちょこちょとくすぐられ、逃げようとしても動けない。

これなら痛いほうがまだまし！

「やらあ、やめ、きゃはははは、いやあっ」

「ナンシーは感じやすいな。もっとしてやろう」

「いやっ、いやっ、もうやめて、死んじゃうーっ」

股の内側の、恥ずかしい場所の近くまで触手が責めてきて、敏感なところをかすめていく。その度に身体がびくんと動き、のけぞってしまう。手足を抑制する鎖がガチャガチャいい、ベッドが激しくきしむ。全身を触手でくすぐられて、わたしは呼吸ができないくらい笑い、涙とよだれを垂ら

してのたうち回る。

ニヤニヤ笑いながらフリュード王子が暴れるわたしにのしかかってきて、両の太ももを大きく拡げた。

「なんだ、ここが濡れてきてるじゃないか」

顔を近づけ、舌を伸ばす。股間に息がかかり、くすぐったさが増す。

「いやあ、舐めないで！　ひゃあああんっ！」

変態だ、この王子は！

変態王子が股間に顔を埋め、舌先でねっとりと秘所をねぶる。くすぐられていたのに、わたしのあそこはなぜだかびしょびしょに濡れていて、王子は満足そうにそれを吸い取っている。そして、ある一点を執拗に責めはじめた。

「ああ、そこはダメえ」

痺《しび》れるような感覚を覚え、わたしは悲鳴をあげた。王子は満足気にわたしをいたぶる。

「どうした？　感じてるのか？　この穴から何か出そうなんだろう」

触手のくすぐり方が酷くなった。

「きゃはははは、やめ、あふう、出ちゃうからっ」

「何が出るのか言ってみろ？　ほら？　こうされるとどうだ？」

「やあっ、やめて、穴を弄らないで、出ちゃう、おしっこ漏れちゃうっ、あはははは」

舌で尿道口をチロチロと舐められ、全身をくすぐられて、さっきたっぷり飲まされた水分が下から溢れそうだ。

「顔どけてぇ、出るぅ！」

「我慢しろ。王族の顔におしっこをかける気か？」

そういいながら、彼は手でわたしの下腹部をぐっと押さえた。舌は細く尖ると尿道に浅く侵入し、出たり入ったり小刻みに動いている。

「いやあははははは、こすっちゃいやあっ、見ないでぇ、出る、出る、おしっこ漏れちゃうよぉ！　ひゃああああんっ」

わたしは叫び、のけぞりながら、とうとう我慢できずにベッドの上で恥ずかしい水を噴き出してしまった。

「ああああああっ！　止まらないよぉ……ぅ……」

溢れ出た水は音をたてながらいつまでも出続け、排尿する快感とそれを男に見られる羞恥とで、わたしはすすり泣いた。

おしっこはまだわたしの股間にいる王子の顔を直撃したはずなのに……おかしい。一滴も飛び散っていないし、シーツも乾いたままだ。

スライム……恐るべし、吸収力。

じゃなくて。

「酷い！　変態！」

「良い子だ、たくさんおしっこが出たな。甘くて良い香りがする。……だが、これで終わりだと思うなよ」

「ひゃんっ」

満足そうにわたしの秘部についた液体をひと舐めし、王子は一本の触手を見せた。

「ここに、さっきお前が飲みきれなかった薔薇水がある。ちょうど体温くらいに温まったから、今から飲んでもらうぞ……こっちからな」

そう言うと、王子はわたしの後ろの穴に触手を当て、粘液を出してくりくりと穴の入り口を刺激し始めた。恥ずかしい、誰にも見せたことのないところをいたずらされているのに、変にぞくぞくする。

「あっ、やん、お尻の穴を弄らないでっ、やあっ」

「そうか、いじって欲しいんだな。喜んでひくひくしてるぞ」

「してない！　あ、や、やだあっ」

たっぷりと粘液を分泌しながら触手が肛門に潜り込んできた。痛みはないのだが、変な感覚を覚えてしまい、声が漏れてしまう。

「あああああーっ」

「入り口を入れたり出したりされるのがいいんだろう、そんなに腰をくねらして喜ぶなよ」

入って指半分くらいのところを何度も往復され、まるで排泄し続けているような感覚になり、お尻が熱くなる。

「いやあ、もうそんなところをこすらないでぇ」

「これだけじゃ物足りなくなってきたのか。じゃあ奥まで入れてやるぞ。力を抜け」

「ちが、ああっ、入れないでえっ！　あっ、やあっ、いやあああーっ」

くねくねうねりながら、触手が直腸の奥へと侵入してきた。異様な感覚に腰が動いてしまう。

「変態はお前のほうじゃないか。処女のくせに、お尻の穴から入れられて気持ちよくなって」

「ちがう、なってないから、早く抜いて」

「お前のここから、いい体液が噴き出してるぞ。そら、これを飲んだら抜いてやる」

お尻の中にどくどくと薔薇水を注ぎこまれた。圧迫感がして、おなかがいっぱいだ。排泄感が込み上げてきて、もう出したくてしょうがない。ずるずるずるり、と触手が抜けていく。

「あああああっ！」

排泄しているような快感が伴い、声が出てしまった。あわてて肛門をきゅっと締める。

「お願い、もう許して」

「おや、また泣き顔になって。ナンシーは笑顔のほうが可愛いのにな」

誰のせいよ！

「ほら、どうしたいか言ってみろ」

「……お手洗いに行かせてください」

「どうしてだ？」

髪を撫でながら優しげに囁くけど、わたしはそれどころではない。お腹がきりきりと痛み、強まる便意をこらえるので脂汗が流れてくる。

「お腹が痛いです」

ああもう我慢できない。

「お願い、出ちゃうから」

「何が？」

「う、うんちが出ちゃうから、早くお手洗いに行かせてください！」

このままベッドで出すなんていや！

「よしわかった」

予想に反して、王子は素早く手と足を鎖から外し、わたしを抱き抱えた。

「連れて行ってやるから、もう少し我慢しろ」

お城のトイレは清潔で、立派なものだ。床に穴が開いていて、使用後は魔法で出てくる水に流されて処理される。しかも、フリュード王子はスライムだから、トイレが必要ない。そこは使われていないため、綺麗な小部屋にしか見えなかった。

王子はわたしをトイレの穴をまたがるように下ろした。こんなに綺麗な場所を使うのは気がひけるが、使用人のトイレに駆け込む余裕なんてない。

「ほら、望み通りにしたぞ」

その場を動く様子はない。

「あの……」

わたしは中から噴き出しそうなのを、お尻に力を入れて押さえ込みながら言った。

「どうした？　さっさとすればいい」

「そんな、見られながらできません。早く出てください」

わたしは身体をくねらせながら言ったが、王子は面白そうな顔をした。

「おやおや、恥ずかしいのか？　排泄するところを見られたくないのか」

「当たり前です！　だから早く」

「見てやる」

「……え？」

「お前が排泄するところを、俺がじっくり見てやるよ。俺を殺そうとした女から目を離すわけにはいかないからな。汚いものを漏らす恥ずかしい姿をじっくりと見てやる。さあ、猫の排泄孔は？　ナンシーのうんちはどこから出るんだ？」

な、な、なんてことを！

王子のくせしてお下劣にもほどがある！

「誇り高い猫が立ったまま漏らすみじめな姿も見てみたいものだが、穴から出てくるところを見られるほうが、いっそう恥ずかしいだろう。獣《けだもの》らしく手を床について四つん這いになれ、ほら」

鬼畜な王子はわたしを動物のようなポーズにして、尻尾の根元をぎゅうっと握った。

「いやあっ、やめて！」

わたしは猫族であって、獣ではない！

これは大変な辱めである。

「お尻の穴が丸見えだぞ。恥ずかしい女だな、喜んでひくひくしている。ほら、この穴からうんちが出てくるところを見せてみろ」

最悪の辱めである！

ほんとにほんとに変態下劣！

しかし、急所の尻尾を摑まれたわたしは抵抗ができない。王子は摑んだ反対の指でこちょこちょと穴をくすぐったり突ついたりしたので、わたしはもう我慢ができなかった。

「出ちゃう、出ちゃうの、お願いもう許してぇ」

「出せよ、見ててやる、うんちを漏らす一番恥ずかしい姿をな」

「やだ、見ないで、あっ、ダメ、出る、いやあああああーっ！」

最初はお尻の穴から薔薇水が吹き出した。

そして。

綺麗なフリュード王子に出口を見られながら、大きな音と臭いと共に、わたしは身体の中に溜まった恥ずかしいモノをすべて出してしまった。

「うっく、うぐ、酷い、ううう、うわああああん」

わたしは泣きながら、お風呂でキレイに洗われていた。

フリュード王子に。

フリュード王子に！

なんで、殿下が暗殺者をお風呂に入れてるの？

よしよし、と子どものようにわたしをあやしながら、なぜかご機嫌な王子が鼻歌まじりに身体についた泡を流す。

「死ぬほど恥ずかしい目に合わせるって言ったろ？　俺は言ったことは必ず実行する男だからな、だいたいナンシーが俺を殺そうとするのが悪いんだろうが」

「だって……」

「人の寝室に忍び込んで、ナイフを振り上げてた女は誰だか言ってみろ？」

確かにそうなので何も言い返せず、むう、と口を尖らせて王子を見ると、彼はにやりと笑った。

いつものクールな雰囲気が崩れていて本当にご機嫌なのはわかるのだが、その笑顔が黒すぎて怖い。

姿が見えない間者の報告によると、弟のディオンも今はどこかの部屋でお風呂に入れられ、そのあとたらふくご飯をもらえるらしい。危うく奴隷として売られるところを、王子の配下のものに助けられたとのことだった。

「ところで体調はどうだ？　見たところ、薬物の影響は抜けたみたいだが」

「や、薬物？　なにそれ！」

「お前、だいぶ薬を盛られていたぞ？　血の味でわかった。暗殺の訓練を3ヵ月しかしてないド素人が、あんなに冷静に俺を殺そうとするとか、自分でも変だと思わなかったのか？　薬のせいでちょっと感情が麻痺していたな」

「薬のせい……だったんだ」

「お前が失敗して捕まり俺に血を吸われて、結果的に俺が毒を飲むのを狙ったようだ。伯爵め、なめやがって」

「毒？」

「そうだ。体液を毒にする毒薬を盛られていたから、お前の出す体液は猛毒になり、だから処女のまま伯爵たちに手を出されなかったんだろうな。その点はよかったな」

「……殿下はどうして大丈夫なの？　わたしの血を吸ったり……」

そこから先は、恥ずかしくて言えないよ！

「だから、スライムをなめんな。俺たちはどんな毒でも中和できる。血を吸った時に、ついでに首からお前の中に中和解毒剤を入れておいたからな、もう毒素はほぼ全部排出されただろう」

「……え？　じゃあ、もしかして、さっきの、無理矢理いろいろ出させられた恥ずかしいプレイは、殿下の趣味じゃなくて……」

「俺のことを変態だと思ったな？　ふん、趣味は8割だ」

解毒が2割かい！

一瞬勘違いだと思ってフリュード王子を見直したわたしがバカだったよ！

「と、いうわけだから、お前には末長く恩返ししてもらうからな。楽しみにしていろよ」

「恩返しの強制!?」

「ふふふ、この猫でたっぷりと遊んでやろう」

わたしをタオルでくるくるっと拭くと、王子は横抱きにしてベッドに運んだ。

「今夜からお前は俺のペットだ。可愛がってやるからな。他の男に懐いたら、そいつ共々体液を搾り尽くして殺すからな、覚悟しろよ」

恐ろしいことを耳もとで囁いてから、ペロッと舐めた。

「やんっ」

「可愛いナンシー、お前は全部俺のものだ。ほら、まだ薬が抜けていないといけないからな、もっとよくここを洗っておこう」

「いやあっ、お尻から変なもの入れないでえっ！」

そしてわたしは無理やり排泄させられ、王子に処女を奪われ、いろいろなものを吸われて、ベッドから解放されたのは翌日だった！

やっぱりこいつは変態エロ王子だったわ……。

それでもちょっと幸せだと思ってしまうのは、この強くて恐ろしくて綺麗でいじわるで、新入りのメイドと弟を助けてくれたちょっぴりだけ優しい王子様に、本気で惚れてしまったから、かもしれない。

終

あとがき

こんにちは、葉月クロルです。この度は『異世界の恋人はスライム王子の触手で溺愛される』をお手にとってくださいまして、ありがとうございました。

すでにお読みになった方はおわかりだと思いますが、このお話は『触手、大活躍♡』です。ヒーローは、変幻自在のスライムと美形の代表格モンスターである吸血鬼のハーフです。透明でしっとり光る美しい触手を自由に操るイケメンなのです。

あ、触手と聞いて、ずずっとひかないでくださいな。この触手は愛ある触手なのですから。太さも形状も自由に変えられて、ラブラブ行為に最適なエロくて便利な液体も分泌し放題、肌触りもやらしい……ではなく優しい、優れものなのですよ。むしろ、全人類に標準装備して欲しいくらいの素晴らしいラブラブえっちの必需品、それが触手なのです！

そんな触手を隠し持つ、心優しいモンスター王子の次元を超えた願いに引き寄せられて、女子大生の美南ちゃんが異世界にトリップしてしまいます。この世の常識を超えた美貌の王子から降り注ぐ濃すぎる愛と、エロすぎるえっちと、いきなり迫られる王妃の座への永久就職で混乱する美南ちゃんですが、持ち前のバイタリティーと、スライム兄弟の可愛らしくもたくましい恋人たちの協力で、自分の運命を選びます。魔界の王子に溺愛されても自分の意思を手放さない美南ちゃんだからこそ、大きな魔法の力で選ばれ、異世界へと導かれたのだと思います。

すごく真面目な話をしてしまいますが、わたしはいつも、読んだ人がハッピーな気分になれるお話を書きたいと思っています。特に、カップルや夫婦の方たちにも楽しく読んでいただいて、おふたりがさらに仲良しになれるようにと願っています。

ラブラブえっちをパートナーと楽しみたいという気持ちを女性があらわすのに、抵抗がある人も多いと思います。パートナーにどうしたいかを言えない女性も、このお話に出てくる自分勝手な男性に似た人に傷つけられる女性も、現実にいると思います。

このお話を読むことをきっかけにして『女の子だって、美南みたいに言いたいことを言っていいんだ！』『彼にして欲しいことを伝えてもいいんだ！』『胸を張ってラブラブしよう！』というポジティブな気持ちになり、それが今の場所から一歩前に踏み出すためのパワーになったらいいなと願っています。

男性と女性は、身体も心もびっくりするくらいに違います。違うからこそ、それを意識して、互いに歩み寄ることで愛情を育てて、幸せなパートナー同士になれるのだと思います。触手がなくても、思いやりで素敵なラブラブカップルになれると思いますよ！

みんなで心の触手を伸ばしましょう♡

さて、ここで少々裏話を。

実はこの本の番外編である『スライム王子にお嫁入り』は、わたしが初めて書いたアダルティなお話なのです。それまでは、ウェブサイトで小説を読む側だったのですが、いろんなお話を読んでいるうちに自分が読みたい話を書いてみたくなりました。

読みたい……突き抜けたエロエロを！（笑）

そして、どうせ書くなら誰も書かないアブノーマル寄りのすごいやつにして、美形の王子さまの変態ちっくエロエロにしよう♪　とノリノリで書き上げて投稿したのが『スライム王子にお嫁入り』でした。

やりきった感がいっぱいで満足していたわたしは、こんなマニアックな話を読んでくれる人はいないかもしれないと思いながら、サイトのアクセス数を見たのですが。

けっこう読まれてた！

この日本に、趣味を同じくする同士がいたわ！

じゃあ、今度はさらに変態っぽいやつを書いちゃうぞ！（と、ここでナンシー登場）

こうして、スライム王子のお話が増殖していって、とうとうこんなになっちゃいました。そして、誰も書かなそうな変態ヒーローを増産し続けて、気がついたらわたしは『大人の女性向けロマンス小説家』（変態ヒーロー専門）になっていたのでした。

人生というのはわからないものですね♡

最後になりましたが、イラストを担当してくださった田中琳先生、ありがとうございました。畏れ多くもデビュー作で美麗なキャラクターを描いていただいて以来、お忙しい中を何度も一緒にお仕事してくださり、いつも幸せな気分を味わっております。本当にありがたいことです。

拝んでもいいですか？

しかも「田中琳先生にエロエロ触手を描いていただいても大丈夫なのでしょうか？」と担当さんにそっと尋ねた時、見せてくださった立派な触手のイラスト……まさか『触手を描かせたら日本一！』でいらっしゃったとは……。

素晴らしすぎます。

やっぱり、拝んでもいいですか？

そして、スライム王子を世に出してくださった担当さま。改めて、お礼を申し上げます。まさか、このお話を書籍にしていただけるとは思いませんでした。本当にありがとうございました。ぜひまた『肌色多め』の危ないトークが炸裂する打ち合わせをしてください。

そして、いつも応援してくださる読者の皆さま。いろいろとお世話になっております。ありがとうございます。皆さんの愛を糧にして、これからもせっせと小説を書いていきたいと思いますので、これからもどうぞよろしくお願いいたします。

それでは、またどこかでお会いいたしましょう！

MOON DROPS〈ムーンドロップス〉好評既刊発売中！

王立魔法図書館の［錠前］に転職することになりまして
当麻 咲来［著］／ウエハラ蜂［画］

異世界で愛され姫になったら現実が変わりはじめました。
兎山 もなか［著］／涼河マコト［画］

狐姫の身代わり婚～初恋王子はとんだケダモノ!?～
真宮 奏［著］／花岡 美莉［画］

平凡なOLがアリスの世界にトリップしたら
帽子屋の紳士に溺愛されました。
みかづき紅月［著］／なおやみか［画］

怖がりの新妻は竜王に、
永く優しく愛されました。
椋本 梨戸［著］／蔦森 えん［画］

異世界の恋人はスライム王子の触手で溺愛される

2018年12月17日　初版第一刷発行

著　葉月クロル
画　田中琳
編集　株式会社パブリッシングリンク
装丁　百足屋ユウコ+マツシタサキ(ムシカゴグラフィクス)

発行人　後藤明信
発行　株式会社竹書房
〒102-0072　東京都千代田区飯田橋2-7-3
電話　03-3264-1576(代表)
03-3234-6301(編集)
ホームページ　http://www.takeshobo.co.jp
印刷・製本　中央精版印刷株式会社

ISBN 978-4-8019-1696-8
Printed in Japan

MOON DROPS